大方
sight

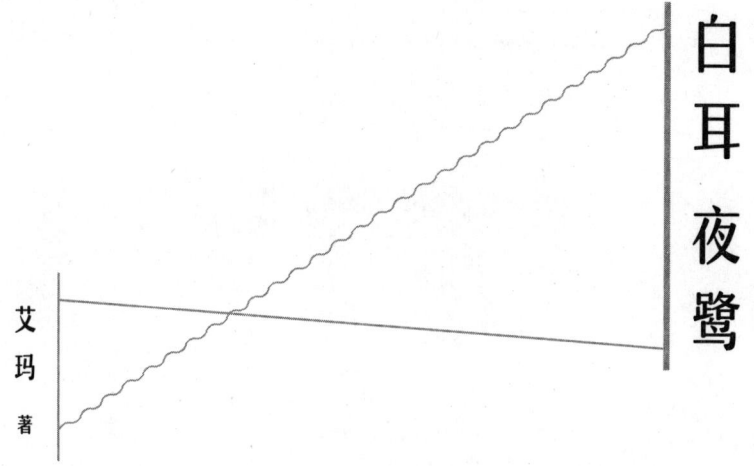

白耳夜鹭

艾玛 著

中信出版集团·北京

图书在版编目（CIP）数据

白耳夜鹭 / 艾玛著. -- 北京：中信出版社，
2018.9
ISBN 978-7-5086-9274-6

Ⅰ.①白… Ⅱ.①艾… Ⅲ.①中篇小说-小说集-中国-当代 ②短篇小说-小说集-中国-当代 Ⅳ.
①I247.7

中国版本图书馆CIP数据核字（2018）第166578号

白耳夜鹭

著　　者：艾　玛
出版发行：中信出版集团股份有限公司
　　　　　（北京市朝阳区惠新东街甲4号富盛大厦2座　邮编　100029）
　　　　　（CITIC Publishing Group）
承　印　者：浙江新华数码印务有限公司

开　　本：787mm×1092mm　1/32　　印　张：7.625　　字　数：121千字
版　　次：2018年9月第1版　　　　　印　次：2018年9月第1次印刷
广告经营许可证：京朝工商广字第8087号
书　　号：ISBN 978-7-5086-9274-6
定　　价：48.00元

版权所有·侵权必究
凡购本社图书，如有缺页、倒页、脱页，由销售部门负责退换。
服务热线：400-600-8099
投稿邮箱：author@citicpub.com

目录

白耳夜鹭 ｜一

初雪 ｜三七

白鸭 ｜八九

歧途 ｜一三六

跟马德说再见 ｜一五四

往事一页 ｜一七七

路过是何人 ｜一八八

神枪手 ｜二一一

白耳夜鹭

我住到崂山脚下这背山面海的小渔村有些年头了，还是头一回碰到从C城来的人。

怎么说呢？C城其实是我故乡，距小渔村有三千多公里，两地间没有直达的飞机、火车。我在那里长大。当然，C城其实并不叫C城，和其他古老的小城一样，它也有个文雅好听的名字，只是我暂时还不想在这里说出来，就用C城来称呼它吧。记得有位大师曾说过，讲故事时连真实的地名都不说出来，而用A、B、C、D之类的字母代替，或是笼统地称为滨城、山城，这样的行为是怯懦的。有点道理，我打小就不是个胆大的人。

　　从C城来的人叫秦後来，没错，後来。起初我以为是"厚来"什么的，他将杯子里的茶水倒了些在桌上后，用手指蘸着那些茶水在桌上写了两个字，原来是"後来"，我就笑了。我的发小叫柳明天，高中时有个女同学叫林开端，我大学时还有个同学叫杨终于。有叫"明天""开端""终于"的，当然就会有叫"後来"的，这么想就不觉得奇怪了。秦後来是个摄影家，我到村里的小酒馆喝酒时遇到了他。那几天天气奇冷，夜晚气温都到了零下二十度，酒馆外的防波堤上，冰壳子一层层地堆得老高，有人说这是这地区二十年来的最冷天。我倒没觉得特别冷，冷到一定程度，所有的冷在我看来都差不多，无所谓更冷最冷。C城在长江以南，"你们南方人真扛冻"，这是我到北方后听得最多的一句话。再扛冻，渔村的冬天也不好过，没有集中供暖。集中供暖一直是城里人的事。我不串门，不知道村子里其他人是如何度过冬天的，但我在自己租住的小屋里用C城人的方式取暖，用电火桌：一个有两根导热管的电炉子（我一般只开一根），上面加一个木头架子，架子上铺块小棉被，棉被上搁块木板（可以当桌子用）。没活干的时候我整天坐在炉子边，将小棉被盖到大腿上，看电视、上网，或是听窗外寒风呼啸。傍晚时分,我会顺着村里那条新铺的水泥街道,到海边李照耀家的小酒馆去喝一壶。

那天傍晚,我走进李照耀家的小酒馆时,秦後来正坐在临窗的一张桌子那喝酒。连续两个晚上,我走进酒馆时他都在那,桌上两碟小菜一瓶酒,一个人坐在窗边吃着喝着。

"一盘白菜海蛎肉饺子,一壶老酒。"我走到他对面的一张桌子边坐了下来,对坐在柜台后玩手机的李照耀喊话。

酒馆里没什么客人,安静得很,只有空调嗡嗡的轰鸣声。天气冷,不是双休日,也不是节假日,这海边除了鸟,难得见到几个人。我朝秦後来看了看,碰巧他也抬眼看我,我就掉转目光,看窗外。防波堤上的冰壳子比昨天又高了不少,海水已退得老远,露出一大片黑黝黝的泥滩,一群海鸥嘎嘎叫着,在泥滩上飞来飞去。据说,它们中的常住居民很少,大部分都是从西伯利亚飞来过冬的。

"这样的冷天对它们来说也许不算什么。"我望着窗外,想。

十多年前,岛城的海鸥只有几千只,现在已达数万只。"海鸥通人性,岛城市民为挽留海鸥做出的努力肯定是被海鸥们记住了,所以每年它们都会带着它们的后代来这儿过冬。"岛城的鸟类专家曾在电视上这样说。专家这样说过后,去栈桥、音乐广场喂海鸥的居民越来越多了,鸟食也越来越讲究。我来岛城郊外这个叫雕龙嘴的渔村也有十来年了,与海鸥不同的是,没人为挽留我做过努力,我也还没有后代。

李照耀的老婆把热气腾腾的饺子和酒放到了我面前。她掉转臀部离去的一刻,我照例闻到了一股子热乎乎的带着些酸味的气息,像是发过头的面食的味儿,这股气息打着旋儿从我鼻尖前掠过。天寒地冻的,女人身上的这股子热气有些让人馋。

"明天,也许我可以去趟蓝泉墅,宁兰芬家的那棵粉茶不知道怎么样了。"

这么想着,我为自己倒了杯酒,剥了颗大蒜。来这后我学会了吃生蒜,不过我从不在去蓝泉墅的那天吃。李照耀家的饺子不错,酒是加红枣、枸杞、姜片煮过的即墨老酒,这样冷的天,热乎乎的老酒和女人一样不可或缺。我打小跟着我老娘喝米酒,冬天用带盖小壶煮米酒喝,几杯下肚,便可驱尽一天户外劳作所受的风寒。来这后我开始喝老酒,即墨老酒加姜片、红枣和枸杞煮过后，与C城米酒的味道非常相似。对别的酒我皆不上瘾。记得我刚来的那年，找李照耀要这酒时，李照耀笑话过我。他露出黑黑的牙根，笑道："怎么天天这酒？跟个娘们似的！"现在他早不笑话我了。凡事都是习惯了就好。就像我，离开C城多年后我已习惯成为另外一个人，我把一个真实的自己留在了C城。

秦後来不时看看我，几番欲言又止。终于，他站起来，满脸堆笑地问我道："请问这位朋友，你是不是C城人？"

我马上意识到我的口音出卖了我。我们C城人说"一壶老酒"时，会把"壶"发成"浮"音。离开C城的最初几年，我说话很注意，毕竟不把"壶"啊"湖"什么的说成"浮"也不是什么太难的事。这些年来我有些懈怠了，随着时间的流逝，我渐渐觉得即便把"壶"啊"湖"什么的说成"浮"好像也不是什么大不了的事。

酒馆的空调不太好，秦後来穿着羽绒服，前襟大开，露出里面满是口袋的摄影背心。近年来，来岛城拍海鸥的摄影爱好者越来越多，他们大多去栈桥、音乐广场拍摄，也大多选择气候宜人的时候来，很少有人来雕龙嘴一带的海域，更不用说在大冬天里来。不过，在冬天里来雕龙嘴以及附近的会场村、黄山村拍海鸥的摄影家我也碰到过几个，他们都是些厉害的家伙，多半善饮、健谈，有那么一两个甚至还相当有趣。我把酒杯放下，点头答道："没错。"

秦后来很兴奋，他指了指他桌子上的东西，又指了指我的桌子，意思是可不可以坐过来？有什么不可以？同是天涯沦落人，相逢何必曾相识。我做了个请的手势。秦后来把他桌上的一盘驴肉、一盘葱拌八带端过来，他喝的是小瓶的七十度琅琊台原浆，这种酒喝下去就像喝了一把剃刀。

"我叫秦后来——"他说着，两只手就去身上各个口袋里摸，摸了一阵后，他有些歉疚地看着我，说："抱歉，忘了带名片。"听口音他不是C城人。

"叫我小赵好了。"我从未有过名片。我伸手过去，他握了一握。

"秦是秦始皇的秦，后来嘛——"他说着，拿起茶杯往桌上倒了些茶水，然后噌噌在桌上写了两个字。对于一个摄影家来说，他的手指白了些。

我对他的名字没什么兴趣，不过等他写完我还是伸长脖颈看了看。

"你去过C城？"我问。

"我刚从那过来,"秦後来很兴奋地说,"好个漂亮的小城!"

是的,C城。我端起酒杯向他示意,然后一口干了。这样寒冷的天,在异乡,能听一个陌生人谈谈故乡也是件不错的事情。

"你是来旅游还是——"秦後来又问。

"我在这工作,是个园艺师。"这是真的,我替附近各园艺场工作,帮他们打理卖出去的杜鹃花树、茶花树和桂花树。因为我,园艺场的老板们在卖这些南方花木时可以理直气壮地打包票:包活。我问秦後来:"你呢?来干什么?"

"家里有点事,回家路过这,你知道的,城里的宾馆实在是太贵了。"秦後来苦笑了下,问我,"来这多久了?"

"有些年头了。"我夹了一筷子驴肉塞进嘴里,问,"去C城拍什么?"

"国庆的时候,C城有个网友给我打电话,说他们那里新开了座火电厂后,他们有两个月没见到太阳了,那时我正在凤凰,想着也近便,就过去了。"

"是个女网友吧?"我笑问。秦後来点点头,也笑了。

C城附近有家很大的水电站，当年它竣工的时候，报纸上说它发的电可以满足十个C城之用。十多年过去了，现在C城又需要一座火电厂了？

我把自己的酒杯满上，敬了秦後来一杯。

"C城人真的两个月没见太阳？"我偶尔也上网搜搜C城，从未见过什么两月不见太阳的消息。不过，雾霾嘛，岛城这样的海滨城市也时不时有雾霾的，C城有，又有什么可奇怪的？

"差不多吧，你知道的，C城地形南北高、中间低，有西北风顺沅水河道刮来时，雾霾才能散，没风确实不好办。"说着秦後来停下来看着我，"很久没有回去了么？"

"是啊，"我说。双亲都已埋在了山冈，在C城我没什么亲人了。"哪里有钱赚，哪里就是家。"我问秦後来："去拍烟囱？"我曾遇到过一个摄影家，特别喜欢拍古井盖。

"嗯，烟囱。"秦後来直接用酒瓶跟我碰了碰杯，他的心思明显不在烟囱上。果然，他喝了一口酒后，看着我问道：

"零四年你在C城么？"

"我零六年才来这。"

我不喜欢撒谎，有时候我几乎要把自己所有的智慧都用在说实话上。我确实是在零六年来这的，但零四年夏天我也还在C城。

"啥时候方便，让我看看你拍的C城烟囱嘛。"喝着酒，我开起玩笑来。但这话说完我自己都有些恶心了，听上去像是我和他有多熟似的。

"现在就可以，"秦後来竖起一根白白长长的手指，指着天花板说，"我就住在楼上。"

我对C城烟囱不感兴趣，当然不会真的跑到楼上去看什么烟囱的照片。喝着酒秦後来跟我聊到了零四年发生在C城的一件怪事：一辆黑色的帕萨特轿车在沅水大桥桥头小广场停了许多天无人问津，直到车身上积满灰尘才引起人们的注意。这辆车的主人是尔雅音乐学校的校长木歌。车在人不见，自此无人知道木歌去了哪里。

"这事我也听说了。"我淡淡道。

时隔多年，突然听人提到这桩陈年旧事，让我颇不习惯。木歌失踪案发生时全城沸腾，众说纷纭……零六年底我打电话给柳明天，委托他帮我卖我们家那套位于丝瓜井民主巷园艺公司职工宿舍区的房子。我没打算再回C城。两年过去了，人们还在谈论木歌的失踪。不过，相比案发时的情形，人们谈论这件事的语气已变得十分肯定，众口一词，大家认定木歌是因为一个女人，被人装进麻袋，扔到沅江里去了。"色字头上一把刀，牡丹花下死翘翘。要问木歌何处寻，麻袋一装到洞庭。"小孩子们甚至编出了这样的童谣。柳明天跟我说到这些时我就只有呵呵。

"我下了火车见到网友。她先带我去吃了一碗牛肉米粉，安排我住下后，带我去诗墙公园转，我们从渔夫阁、武陵阁、春申阁一直走到排云阁，一路树木成林，桂子飘香，左手江水右手诗，真是个好地方！"秦後来声情并茂地说道。

我不置可否，埋头吃菜喝酒。他说的这些我都再熟悉不过了。从我家所在的丝瓜井出来，穿过箭道巷，过了步行街，就是诗墙公园的武陵阁。从前C城并没有什么诗墙公园，那里只是一道防洪大堤，堤下是船家和附近市民竞相开垦的菜地。我老娘也曾在那搞了个小菜园，种些萝卜青菜苦瓜豆角之类。从前，我常常在游完泳后扯一把青菜回家烧晚饭，一年四季几乎不用买什么蔬菜吃。诗墙公园不过是后来的事。大约是在木歌失踪的前两年，政府拿出一大笔钱，请了些有名的书法家誊写历朝历代文豪和外国诗人的好诗，镌刻在青石板上，再将青石板镶嵌在大堤上一堵带檐的砖墙上。那是那几年C城最出名的一件事,创造了一项全新的吉尼斯世界纪录:世界上最长的诗、书、画三绝艺术墙。从前我去江里游泳,将衣服脱了卷起来用石头压在江边一棵樟树下,防洪大堤变成诗墙公园后,我将衣服卷起来用石头压在一首外国人写的诗下。"我触碰什么/什么就破碎/服丧之年已过去/鸟的翅膀耷拉下垂/月儿裸露在清冷的夜里/杏与橄榄皆熟透/岁月的善举。"我没来由地喜欢这首诗。诗墙公园有那么多诗,我喜欢的就只有这首,刻着这首诗的石板端端正正地对着那棵大樟树,字也写得很板正,比其他青石板上的好认。要是不离开C城,没准现在我去游泳还是会将衣服压在这首诗下。有可能我会这样干一辈子。仔细想想,真要这样干一辈子的话,那也是蛮有趣蛮牛逼的一件事。

秦後来的网友为何会带一个对烟囱感兴趣的家伙去诗墙公园?这个问题让我一时有些困惑。但有一点我很清楚,排云阁再往前走,就是沅水大桥了,顺着河边石阶上去,就到了桥头小广场。木歌的那辆帕萨特,就停在小广场那儿,最靠江边的位置,视野非常好。十多年前,有私家车的C城人并不多,有些先富起来的家伙喜欢在夜晚开车去江边打野炮，沅水大桥桥头小广场是个不错的地方，临江空旷地，地势高而平坦，有片小树林将之与马路隔开。木歌办音乐培训学校，赶上了一个人人都怕孩子输在起跑线上的时代，他也算是C城先富起来的人之一。那时候好像还没有什么车载定位系统，木歌老婆在他失踪两天后就报了案，可找到车，却是在他失踪二十多天后的事了。

秦後来喝着酒，问我："那桩失踪案，你怎么看？"

我没什么特别的看法。C城人对这件事早有定论：有个晚上，木歌开车带着他学校一位教古筝的女老师去桥头小广场欢会，被女老师的男友抓了个现行。女老师的男友和他的几个哥们直接将木歌用麻袋装了，扔进了沅江。木歌失踪后，警方做过大量调查，寻找目击证人，约谈嫌疑人，在沅江下游拦网，还租船在江里捞了好几天……白忙一场。尸体没找到，什么都没找到。当然，C城市民对警方为何什么都没找到，也有自己的看法：古筝老师的那位男友，是市委副书记的儿子。

秦後来点了点头，道："我听到的也是这样，可是——"他转动着手里的酒瓶，"什么都没找到，这是很不正常的。"

"木歌失踪了，因为搞女人。警方什么都没找到，因为女人的男友是市委副书记的儿子。"这些话听上去毫无逻辑，也全是无凭口说，可全城人都信。在有些事情上，舆论的想象比强有力的证据更能深入人心。其实唯一可以确定的是，没人知道木歌去了哪里。古筝老师受不了人们的指点议论，后来也离开了C城，当然，也没人知道她去了哪里。

木歌这家伙我不陌生，他比我略大几岁，家住黄金台，距民主巷一步之遥。不过我和他没什么交集。我们是不同的两种人，他一出生就手握一把好牌，只不过后来他打得有些烂。我跟着我老娘在马路绿化带上种草种花时，不止一次见木歌搂着妹子路过——这点他结婚后也没什么改变。妹子们大都年轻，长得好看。木歌办培训学校有钱后才有的大肚子，曾经也是好看的，像他老娘，眉眼清秀。其实我老娘和他老娘还是小学同学，我师专中文系毕业后，我老娘异想天开想让我留校，听信木歌老娘和某位大领导相好的传言，拎了两条芙蓉王就去找木歌老娘托关系，被木歌老娘骂了个狗血喷头，大耳刮子扇出门，我事未成。我老娘是园林工人，木歌老娘是C城曲艺团唱丝弦的，台柱子，两人小学毕业后就无来往。也不知我老娘中了什么邪。这件事后我老娘嗜酒日甚，夜夜把自己灌得烂醉，没多久就得肝癌去世了。

我老娘过世后,我买了张黄牛票去C城大剧院看木歌老娘唱《宝玉哭灵》,只见她头戴嵌宝束发带,身穿白底竹纹排穗褂,脚蹬青缎粉底小朝靴,一句一跺脚:"妹妹呀,我来迟哒,我来迟哒……"聚光灯下,声情并茂,光彩照人。木歌老婆坐在舞台一侧拉胡琴,一身黑衣裳,头发低垂,全程面无表情。木歌是省音乐学院钢琴系毕业,听说会唱丝弦会拉胡琴,我没见过木歌唱丝弦,也没见过他弹钢琴拉胡琴,但见过他唱歌。诗墙公园还是道防洪大堤的时候,我见过他在河边练声,长身玉立,声音婉转嘹亮,引来一大群妹子围观。我精赤条条从水里钻出来时也没这么多妹子看过我。"疯子,该死的疯子!"有时候她们还会骂我,朝我吐口水。在女人一事上木歌可谓得天独厚,C城人说他死于男女之事,也不全是空穴来风。据说那位古筝老师也非凡品,她在C城一度名头很响,裙下之臣众多。坊间传她有天生的奇趣,会射精,按现在的说法,大约就是,潮喷。记得我第一次听人这样说古筝老师时,一时震惊无语,只觉一股热气从丹田直冲脑门,半截身子都硬了。那会儿我还年轻,见过多少世面呢?其实古筝老师在床上并不像传说的那样神乎,不过,她什么都愿意做,这倒是真的。她长得也不怎么好看,就是身材棒,肤色好,胸大臀宽,脸白圆如汤团。——这些我当然不会和秦後来说。韶光逝如水,迢迢不可追。如今在这海边寒冷的冬夜想起那些陈年旧事,我只有兴喝酒,已无兴谈论。

第二天,我去了蓝泉墅。蓝泉墅小区里有七百多棵一人高的山茶树,都是我在维护。入冬前,我带领蓝泉墅的园林工人把它们用草席包了起来。在这场寒流到来之前,我又指导他们在草席上裹了层塑料薄膜,想来那些山茶树应无大碍。那晚和秦後来喝过酒后,回到小屋我很快就睡着了。可半夜里我忽地惊醒,心里突然就觉得不好了。我摸过手机百度秦後来,秦後来——确实是搞摄影的,生于六十年代初,是东北某市摄影家协会副理事长,获得过摄影家协会德艺双馨优秀会员称号,什么题材都拍,并非只对烟囱有兴趣,我稍稍松了一口气。他最大的成就是拍到过一只早已被认定灭绝的鸟,白耳夜鹭,一种稀有鸟类,没有亚种分化,——也就是说,跟我一样孤独,连个表亲都没有——不喜群居,白天深藏于密林,夜晚独自出行,飞翔时无声无息,宛如幽灵。存世时数目就极少,多年前就上了世界灭绝动物名录的,居然还给秦後来拍到一只……这世界上尽是些没个准头的事。我再也无法睡着了。屋子冷,身子更冷,一肚子热酒也无济于事，末了我只好又从被窝里钻出来，把电暖炉打开，趴在桌上熬过了一夜。早上醒来，窗外寒风呼啸，惨白的太阳光从窗外斜斜刺入，更觉长日寒苦难挨。在这度过十多个年头了，头一回有了待不下去的感觉。我起身熬了点小米粥喝了，又上了会儿网，网上屁事没有，也可以说都是屁事，无聊得叫人难以忍受。

在网上游荡了一阵后，我想了想，摸过手机给宁兰芬发微信：

"宁老板，今天我要去小区做养护，你家茶花需要养护么？"

过了约莫一顿饭的工夫，宁兰芬回复我道："急需养护！！"

我笑了。"操，女人！"我在心里骂。

我换了双干净袜子后，从冰箱里拿出一袋速冻水饺煮来吃。吃完饭我收拾好工具，又把半袋磷酸二氢钾混入一袋鸡粪中，和一袋砂土拌匀，拿只麻袋装了，开着我那辆长安面包去了蓝泉墅。来去多次，我和保安都很熟了，一路畅通无阻。我开着车在小区里转悠，不时停下来看看那些裹得严严实实的茶花树。这别墅小区里种的都是红茶，物以稀为贵，宁兰芬家那棵粉茶的价格是红茶的十倍。查看的结果令我满意，蓝泉墅的园艺工人还是尽职的,浇水适时,情况不错,来年三月,想必是一片嫣红。

到宁兰芬家门口时,入院的电子门已打开,虚掩着,她家的保姆想必又被她支使出去遛狗了。我把鞋脱在门外,自己开门进去,穿过宽大的金碧辉煌的门厅和长长的走廊后,我在宁兰芬家的阳光房里找到了她。宁兰芬衣衫轻薄,坐在那棵粉茶下的一张贵妃椅上等我。像往常一样,我对她笑笑,把工具和半袋肥料放下,拍拍手上身上的灰,一句客套话都没多说。我们一向如此。宁兰芬年过四十,虽然青春不再,但浑身充满北方女人特有的柔韧力道,像团发得恰到好处的筋道十足的面团。而且,跟小妹子相比,她还有一样特别的好处,就是懂事知味,一旦飞身上马,你就只管快马加鞭,铆足劲儿往前冲,她铁定回回都能跟上你,一步都不落的,就有这么好。

完事后宁兰芬将一张红扑扑汗涔涔的脸从我肩膀下探出来,她喘了几口气后,用尖利的指甲挠着我的后背说:

"疯子!你真是个疯子!"

我忍着痛,笑而不语。我翻身躺到她边上,看着头顶上那一片枝繁叶茂,那些小小的花蕾像星星一样散布在绿叶中，花蕾上细细的一线杏红十分肉感、诱人。

"什么都没找到，这很不正常……"秦後来的话在我耳边回荡。

宁兰芬拿起我的一只手把玩，哧哧笑道："真是一把好手！"我把手抽出来，女人坏起来男人可真招架不住。

"疯子，说说看，怎样才能杀了她？"

宁兰芬家的暖气太热了，阳光房里的温度也不低，我出了一身大汗。我爬起来擦汗，漫不经心地应道："那还不是小菜一碟！"我以为她说的是她老公，这段时间她想杀的基本上都是她老公。跟木歌一样，她老公也是个大块头。我嘴上应付着，心里却在盘算如果来真的，也只能巧取，真要硬生生放倒那么个大个子可不是件容易的事。

"那婊子太可恶了，过年都不放他回来，现在我撕碎这婊子的心都有！"宁兰芬坐起来，伸手拂了拂头顶的山茶树叶，愤愤地道。

我这才明白这回她想杀的是她老公的小三。现在的汉语就是这点不好，说起来"她""他"不分。难怪有些人要怀念民国、怀念从前。"伊底眼是忧愁的引火线／不然，何以伊望我一眼／我就沉溺在愁海里了呢？"瞧，伊，好听吧？而且谁也不会把"伊"想成个男人。

我去宁兰芬家一楼的卫生间冲澡，宁兰芬上楼到自己房间收拾去了。我穿上衣服后就成了宁兰芬的花儿匠。洗完澡后我们都神清气爽的，宁兰芬的怒气也消了许多。我给那株粉茶上肥时她就坐在边上跟我说话，一肚子的不甘心。宁兰芬的老公有两个家，平时跟小三住，逢年过节回宁兰芬这儿。宁兰芬生的是儿子，在北京上大学，往年不管怎样男人都会回家陪宁兰芬和儿子过年。那小三前面生的是女儿，今年也生了个儿子，于是得寸进尺，不想让男人回宁兰芬这儿过年了。

"哎呀你是不知道这个贱货，她还给他定规矩，说就是回来也不能跟我睡一张床！"宁兰芬气得要死。这些年来，屈辱和憎恨像个牢笼，把她变成了困兽。

宁兰芬说归说，我就听一听，一个整天怒气冲冲的人其实是安全的，干不出什么出格的事。再说了，她和她老公的事我也帮不上什么忙，没人能帮上忙。宁兰芬也可怜，看上去锦衣玉食，可一个人和一个老妈妈、两条狗守着栋三层高、七百多平方米的大房子，日子又能好到哪里去？可惜我只能让她高兴一阵儿。

"疯子，说说吧，怎样才能干掉那婊子？"

宁兰芬大部分时候想干掉那女人，偶尔才想干掉她老公。

"那还不容易,"我又开始哄她高兴,杀掉那么个娇滴滴的女人少说也有一百种方法。我说:"最简单最经济的办法,就是制造一起车祸,哐当一下——"我从网上看到,全国每年有二十多万人死于交通事故,平均每天六百多人,车祸撞死人再正常不过,都不用跑路。那女人还是农村户口,撞死她后赔的钱也不会比一个城里人花在一辆代步车上的钱更多。说着说着我挥起了手中的花铲,谈论这样的事我偶尔也会兴奋起来。

"别开玩笑,"宁兰芬皱着眉看着我,"你好好想想!"

她如此认真,让我有些不自在起来。她凭什么认为我干得了这种事?我就把她的话当玩笑,冲她笑笑,起身干活,尽起我作为花儿匠的本分来。

"一个人不可能凭空消失,总要留下点什么。"秦後来喝着酒,说。

这晚我和秦後来很自然地又坐到了一起,只不过我把老酒换成了琅琊台原浆。秦後来一个劲劝我喝原浆,就像当年李照耀嘲笑我那样,秦後来也说:"怎么跟个娘们一样!"

"这么多年了,是时候恰到好处地醉一次了。"我这么想着,就招呼李照耀上原浆。"出息了嗬!"李照耀拿酒过来时取笑我。我就笑,没接他话茬儿。

"调查了三个多月,C城警方居然一无所获。"秦後来直摇头。

他的语气里还透出来股与他的年龄、阅历不相称的天真。他为何对这个案子如此感兴趣?一个摄影师而已。但很快我就理解了他,也许跟他的职业有关,想想吧,手端相机拍照,大都举到眼睛的高度,视角长期没什么变化,就这样,还得坚信自己能发现、抓住与众不同的东西……摄影师应该都是迷恋这种坚信的人。

"马航飞机那么大,不也什么都没找到?"我说。凡事无绝对,我不大喜欢太较真的人。

"怎么一样嘛!"秦後来道,"在一个有限的时间内,飞机能去的地方多了去了,不过……"秦後来若有所思地说:"历史上倒有这么个人,早期电影之父路易斯·普林斯,你知道这个人吗?"

"没听说过。"

"他用十六个镜头的照相机拍摄了世界上最早的电影,《朗德海花园》,才两秒钟,记录了他老婆在花园里的一转身,了不起的两秒钟。1890年9月16日,他在第戎搭乘下午2点42分的火车回巴黎,准备到巴黎与朋友会合回英国，他的朋友没有等到他。他在火车上失踪了，连他的行李也不见了。后来有人怀疑是大发明家爱迪生找人干掉了他，当时普林斯正在英国申请电影放映机的专利，成功的话爱迪生的申请就要泡汤了。不过警察搜寻了火车站和铁路沿线，也是没找到尸体，什么都没找到。"秦後来摊开双手，做了个无可奈何的表情。

爱迪生我倒是知道的，不过，1890年的事了，当年高考前背历史口诀，"1898，戊戌变法"，比戊戌变法还早了八年呢。一百多年前的失踪案经秦後来之口说出来，仿佛发生在昨日。

窗外夜色深沉，隐隐传来"哗——哗——"的海浪声。

"这个案子，你怎么这么有兴趣？"我有些不耐烦了，干脆单刀直入。我是一个总是往前看的人，不喜欢谈论过去的事情。过去没有意义。申公豹有几千年道行，就因为他老往后看，所以最后只能填填海眼。

"我那个网友……"秦後来说着，停下来，有些不好意思地笑了。

"是个女网友？"

秦後来点点头，两手在腿上蹭来蹭去。看来秦後来去C城，与其说是冲烟囱去的，不如说是冲女网友去的。

我喝了口酒，和秦後来耍笑起来：

"怎么样，女网友？"

"你这小老弟！"秦後来用一根手指指点我。"不错，不错的，"他搓着手，想说点什么，他想了一阵子后，简单重复道："不错的。"他的表情都近乎羞涩了，看来也是个老实人。

我给自己和秦後来都满上一杯。沉水水好，C城就没有难看的女人。我问秦後来："你在C城住哪家酒店？"

"住什么酒店！"秦後来挥了挥手，道，"网友有套房子，是她老公的，"秦後来看着我，一只眼微微眯起来，就好像他眼前有只隐形照相机，"说来你可能不信，她老公就是你们C城那个失踪了的人。"

"操！"我十分意外，但还是装出一副特别兴奋的样子，"难怪你……"我笑着摇摇头，欠身隔桌捣了他一拳。说实在的，这些年来，没人提起过木歌老婆，我自己也几乎忘了他曾有过一个老婆，她长什么样，我竟一点都想不起来了。

"她老公出事后她就搬回了娘家，这房子一直空着，"秦後来满脸笑容，道，"那几天我就住在那空房子里。"

"操！"我笑，不停点头，装出一副羡慕嫉妒恨的

白耳夜鹭 | 二三

样子。

"房子在江边，很大很空，啥也没有，不过，有样好东西。"秦後来脸上露出向往的神情。

"什么好东西？"

"一台老钢琴！"

"哦？"

"琴盖上刻着外国字，是什么牌子来着？"秦後来看着我，奋力思考着，一脸期待我能帮他想出来的样子。

我看着他，不语。古筝老师曾跟我提到过，那是台德产老钢琴，伊巴赫，产于1904年，花梨木琴身，象牙键。低音透明稳定，中音醇厚温润，高音清脆明亮，应该是C城最好的钢琴了。"论权，他没有。论本事，"有次古筝老师偎在我怀里，淘气地拨弄我："他比不上你哟……论钱，他也就那台钢琴值点钱，比他荷包鼓的人能从武陵大道北排到武陵大道南，"古筝老师摸着我的脸，愤愤不平地道："他也就敢欺负你！"这倒是的，跟古筝老师相好的男人那么多，可他也就打了我。

"你信吗？那钢琴的琴身……"秦後来探过身子往我这边凑了凑，压低声音道："是花梨木的！"显然，秦後来不懂钢琴，但应该懂木头。说到花梨木，他的眼睛都红了。

"她不相信她老公死了，"说着，秦後来喝了一大口酒，不小心呛到了，像遇到猝不及防的一击，他的脸一下扭曲起来。一阵猛烈的咳嗽过后，他抹了一下脸，道："妈呀这酒！"

我不动声色地吃菜喝酒，暗地里十分吃惊。整个C城，只怕只有这个女人不相信木歌死了。

"十多年了，她每天都在等他回来……"

我的胸口一下被什么东西堵住了。窗外漆黑一片，没有月亮，大海与黑夜完全交融在了一起，墙一样矗立在灯光所不及的地方。

"不过……"秦後来咧嘴一笑，意味深长地道，"我觉得她也不是那种认死理的人。"

我喝了口酒顺了顺，问秦後来："你是看上钢琴了，还是看上人了？"

"钢琴好，女人也好。"秦後来厚颜无耻地笑。

一条想吃屎都没胆的狗。我不无讥诮地道："你想把那钢琴搞到手，是吧？"我盯着秦後来的眼睛，道："我看还是算了吧，这女人够可怜的了，再说，万一她老公没死，哪天回来了呢？毕竟就像你说的，什么都没找到嘛。再说，一台钢琴啊，那么大个东西，真要追查起来可不难。"

秦後来两手撑在腿上，有些羞惭而茫然地看着我。他抹了下嘴，有些苦恼地道："实不相瞒啊老弟，摄影可真他妈烧钱啊！"

这一次我喝多了，怎么回到小屋的后来我一点都想不起来了。接下来的两天我就像生了一场大病，醉酒的感觉真是糟糕透了。人在这种时候会变得脆弱，我在窗口一站半天，看着窗外顺坡而下的村舍和远远的那一片海发呆。我有些受够这样的日子了，开始想念起C城来。这么多年来，我还是头一回想到木歌老婆，她在C城也算得上是个名女人，有大把粉丝。她是个出色的琴师。听说她十三岁起就给木歌老娘拉胡琴了，与木歌老娘是绝配，都说她是嫁给木歌老娘的，不是嫁给木歌的。我隐约记得在街上也碰到过她几次，回回都是一身黑西装，一头清水短发半遮面，目不斜视，低首疾行。现在我连她长什么样是一点都想不起来了。

我从床底下拉出一只旅行箱，当年我拖着它来到了这，十多年后，如果离开，我能带走的还是只有它。我把箱子踢回到床底下。

我上网搜了搜路易斯·普林斯，一百多年了，他依然是个鲜活的存在。

我决定再去一趟宁兰芬家。我把院子里剩下的花肥都装上车，找了张纸仔细写上隔多久浇水施肥，什么时候整形修剪。当然，宁兰芬可能都懒得看，找个花儿匠又花得了几个钱呢？

这一回是保姆开的门，两条金毛跟在她后边。见是我，她笑着把门拉到一边让我进去，什么也没说，两条狗也没吭声。我分几趟把花肥、工具都扛进了宁兰芬家的阳光房。宁兰芬大约是听到动静，脸上贴着张面膜，从楼上下来了。

我看着宁兰芬，她也默默看着我。

"怎么，你还是决定回家过年？"宁兰芬问。

这些年来，每到春节，我就出门逛几天，美其名曰"回家过年"。今年宁兰芬情况特殊，她对我说过，如果她老公不回来过年的话，"那你就留下来过年吧"。

"是啊，回家过年，"我拍拍身上的灰，"这些花肥，够用到春上。"

"逄姐，给赵师傅泡杯茶。"宁兰芬扭头吩咐保姆道。

"昨天我跟你说的事，你考虑得怎么样？"她坐下后，剔着指甲问我道。

我不知道她到底了解我多少。我想了想，把手里的活放下,坐到了宁兰芬脚边的地板上:"有件事,我才在酒馆里听来的,有个叫普林斯的家伙,你听说过这个人吗?"

宁兰芬摇摇头:"是个什么人?"

"是个外国人,发明家。"

"他撞死人了?"

"没。有一天,他在法国第戎搭火车去巴黎,准备到巴黎与朋友会合回英国,他的朋友没有等到他。他在火车上失踪了,连他的行李也不见了。警察搜寻了火车、火车站和铁路沿线,没找到尸体,什么都没找到。"

"怎么可能?一个大活人,飞了不成?"

"这人在法国出生,在他父亲朋友的照相馆长大,学过绘画,大学学的是化学。大学毕业后,他应一个同学的邀请去英国利兹工作,两年后他娶了他同学的妹妹,这女孩是个出色的画家,夫妻俩开办了一所美术学校,他们还发明了一种将彩色照片印在金属器皿和陶器上的技术,这让他们有了名,还有了很多的钱……"

"男人有钱就变坏,对不对?"宁兰芬的语气听上去非常忧伤。

"他可能有过一段为时短暂的婚外恋,和他办公室的一个年轻女雇员。"

宁兰芬咬着牙，道："哪个时代都不缺贱货啊！"

"他最后露面是在第戎火车站，有人看到他上了下午2点42分去巴黎的火车，后来再没人见过他。"

"可能他故意让认得他的人看见他上火车，或者故意碰掉一个陌生人的行李，然后捡拾、道歉，聊两句有的没的，好让人记住他，然后在火车开动前偷偷溜掉，回到利兹，去见那个婊子，"宁兰芬撇着嘴，一脸的不屑，"他们私奔了，对吧？"

不得不承认，女人的直觉和想象力都不一般。

逢姐一脸微笑地把茶端给我，又一脸微笑地出去了。等她走后，我接着说道："普林斯失踪一个月后，人们发现那位女雇员在利兹郊区一家度假旅馆的房间里服毒自杀了，之所以说她是自杀，是因为她自杀前从利兹给她在伦敦的家人拍了一份电报，说自己做下了不名誉的事情，生无可恋。"

"哈哈！渣男干的，是不是？她要很多的钱，逼他离婚娶她，威胁他，男人受不了她了，想彻底摆脱她，"宁兰芬一下兴奋起来，"贱人能有什么好下场？！"

听闻此言，我不由佩服起宁兰芬来。看来，伤害会让人变得疯狂，也会让人变得敏感。

"当时可没人这么想，过了一百多年后，才有个喜欢钻故纸堆的家伙勉强把普林斯的失踪与那女孩的死联系起来,"不能不佩服这个叫普林斯的家伙,做下的事,过了一百年才有人看出一点端倪。说着我都有些嫉妒他了。

"当时大家都认为普林斯遇到了不测,因为在普林斯失踪前,巴黎警方刚破获了一起火车谋杀案,所以……"我笑着摇了摇头,这种运气真是可遇不可求的。一个失踪了的人,或是被推定死亡的人杀了人是不需要担心被怀疑的,因为他已经不存在了。百度百科关于普林斯的介绍中有句话是这样说的:他的性情极其温和敦厚,任何事都激怒不了他。当时看到这句话时,我的心嘭嘭地跳起来。没来由的,我认定这个历史谜团的答案,就藏在这句话里。

宁兰芬的眼睛闪亮起来,她兴奋地道:"这招真是高明啊!那份电报不是那女人拍的,一定不是!"她看着我:"哈,如果……"宁兰芬难掩兴奋,她站起来,两臂环抱,嘴里咬着一根手指在屋内走来走去。她停下来,两眼直直地看着我说:"假如……"

以前我会为许多事发疯,现在能让我发疯的事已屈指可数。我笑着,迅速打断她道:"我可不行!"我耐心地等着宁兰芬眼里疯狂的火苗一点点黯淡下来后,用了心平气和的语气对她说道："普林斯，他在照相馆长大，会画画，懂化妆术，他还是个化学硕士，一定懂得怎么配制毒药。他智商很高，发明家嘛，史书上还说他心细如发，考虑事情非常周到，不是一般人。"我摊开双手，再次笑着对她说："我只是个花儿匠。"杀死一个人很容易，但要干净抽身，让人不怀疑到自己，而且还让人相信那是别人干的，那就难了。人不可能两次踏进同一条河流，再说，凡事还得看看大环境，讲究个审时度势。陈胜吴广时代，你在鱼肚子里塞块布条，上书"陈胜王"几个字，会有成千上万的人追随你。现在你试试？人们只会拿你当个神经病。这些事跟一个女人怎么说得清？

宁兰芬沉默了，表情看上去相当沮丧。

"其实普林斯也没赚到什么。如果那女人真是他杀的，那同时他也杀死了他自己，从此世上再无普林斯，他要忘记与自己有关的一切，彻底成为另外一个人，"我看着宁兰芬，无比真诚地道，"相信我，这可不是什么好玩的事，划不来嘛！"

"我就是咽不下这口气，"宁兰芬叹了一口气，幽幽道，"我们本来过得好好的，这贱人跑来不择手段勾引他，先是对他说爱他，不会破坏他的家庭，结果呢？该死的贱人！渣男也该死，最初被我发现后，各种求饶啊，对我说什么只进入她的身体,不进入她的生活,要我看开点。可现在你看,他彻底跟这贱人搞在了一起!"宁兰芬骂着骂着眼睛突然又一亮,目光像刷子一样将我从头到脚扫了两遍后,她说:"不如,你想个办法,先睡了她再说,恶心恶心这对贱人,让我也出口恶气。"

我起身干活,没接她这个话。我认识宁兰芬时她还是个老实单纯的家庭主妇,才几年工夫,她就变成了这样。

宁兰芬走过来,轻轻捅了捅我腰眼:"事成后给你一百万。"

又是一百万。宁兰芬常常对我说:"疯子,替我杀了她吧,给你一百万。"有时她也说:"杀了他也行,杀一个一百万,杀两个两百万。"屁!什么世道,有钱就这么任性?

"好嘛,"我忙着手里的活,说,"等年前我去园艺场赊它一车子花,摆她家小区门口卖……"

"赊啥呀,我给你钱!"

"好嘛,"我说,"君子兰郁金香蝴蝶兰仙客来风信子,什么好看我卖什么。要过年了,她总归要买点什么的吧?她又不缺钱——"虽然我看到宁兰芬半边脸都抽搐起来,但还是狠心问道:"你男人喜欢什么花?"

"粉茶。"

"那就卖粉茶！"我把那几袋花肥堆到墙角后，拿起剪子去剪那株粉茶上多余而羸弱的枝丫，我一边干活，一边说道："你男人喜欢，她肯定要买，买了就会让我送到家里去，买了就需要养护……"说到这，我停下来，看了宁兰芬一眼，宁兰芬却毫不在意，伸手在我肩上猛击了一掌，道："就这么定了！我先去网上买个针孔摄像头。"说着她就扭身出去了。

我手里拿着花剪，看着宁兰芬丰腴婀娜的背影，一时有些发愣。她真打算这么干？钱谁不想赚？可我只是个花儿匠。其实，睡了那女人杀了那女人都不算什么好办法，最好的办法是宁兰芬和她老公离婚，财产平分，然后她和我结婚，她老公和那女人结婚，家庭重组，财富再分配，共同富裕，利国利民，皆大欢喜。可惜宁兰芬她从来都不这么想。

那株粉茶倒是不错的，满树花蕾，含苞待放。宁兰芬原本想让它不早不晚地赶在春节开，一直让我控制着它的生长速度，掐着日子施肥、浇水。但现在她已不关心它什么时候开了。

从宁兰芬家出来，天色尚早，我就开车直接去了李照耀家的小酒馆。李照耀两口子赶晚集去了，都不在酒馆里，只有村里两个经常来打短工的体格粗壮的大婶在，她们面对面坐在一张桌子边包饺子。一见我，她们就开起玩笑来。渔村的女人都糙得像海边的礁石，她们嘿嘿笑着，问我为什么不找个老婆过日子，是不是有什么毛病。她们总这样，有好几次还当众提醒我，憋久了家伙就不好用了云云，引得酒馆里掀起一阵巨浪般的大笑。"好不好用试试不就知道了嘛。"以往我都这样说。

"傻子才养老婆！"这一回我这样回答她们。我指了指楼上，问大婶们："那位拍照片的秦先生在不在？"

"你找那个二尾子做什么？"

我只是笑。谁也别指望从她们嘴里说出什么好的来。

"过午见他往园艺场方向去了，"她们不依不饶地问，"你找他做什么？"

看来这他妈的摄影师对什么都好奇。我一下也真说不出找他做什么，我懒得再跟大婶们费口舌，就来到屋外钻到车里抽烟。我抽着烟，往园艺场方向看了看，一条双向四车道的马路，歪歪扭扭地消失在村子尽头，往前开三公里，就是一大片园艺场，再往西开两公里，就到了蓝泉墅……作为一个花儿匠，这条路我来回走过多少趟了,没什么好看的,摄影师……摄影师还能有什么新发现?再发现一只白耳夜鹭?我把目光投向海上,海水倒比昨天退得更远,坐在车里能闻到海滩淤泥咸腥的腐臭味儿。夕阳冷而昏黄的余晖洒在远处灰白的海面上,防波堤上的冰壳子在黯淡的暮色里泛着幽蓝的光。一大群海鸥收拢翅膀,安静地栖息在一艘搁浅在泥滩的旧船上。十多年了,木歌坟上——如果他有——他坟上长出的青草都能喂大一群马了,可C城还有个女人惦记着他,还会跟一个陌生人谈起。这让我委实有些烦恼。

天快黑的时候,李照耀两口子拎着一兜兜的蔬菜、海鲜回来了。我跟着他们进屋,翻看李照耀袋子里的海鲜,海蛎壳上结着冰碴子,可肉又肥又新鲜。

"来个韭黄炒蛎子。"我说。我有种预感,有天我会非常想念这一口。

我从腋窝底下掏出一瓶极品琅琊台立在柜台上,对李照耀说:"换箱老酒喝。"这酒是宁兰芬从她家地窖里拿给我的。宁兰芬说她家地窖里的酒能淹死一头鲸鱼,都是她老公收藏的,现在他都不怎么回来了,她一个人几辈子也喝不完,所以她时不时会拿一瓶给我。那个蠢男人丢掉的好东西可真不少。

"成!"李照耀高兴地说,"昨儿个,你可是喝多了啊，被老秦那家伙灌得！"李照耀又开始打趣我。

"切！多什么多！"

"你可别不认账！见谁都胡咧咧，"李照耀摇晃着身子，拍着我的肩膀道，"朋、朋友，你若去C城……翻来覆去就这半句话，你抱着我门前那石墩子，也这么咧咧，哈、哈哈！头一回见你这样，怪不得你这家伙只喝老酒，白酒你一碰就醉啊！"

一个人酒后还能说出什么正儿八经的事情来？不过是胡咧咧。"朋友，你若去C城……"我也不明白为何我会在酒后冒出这半句话来，到底什么意思？我摇摇头，笑着，当胸捣了李照耀一拳。

"来壶老酒。"我对李照耀说。

这一回我把字咬得准准的，毕竟不把"壶"说成"浮"也不是什么太难的事。

2016年6月8日于原乡

初雪

我退休前执教的滨海大学法学院即将迎来建院60周年院庆，出版历届专家的文集是院庆活动的一部分。黄昏时分，一个年轻人把一本装帧精美的纪念文集送到了我家。天气预报说今夜有雪，如果是真的，这将是今年冬天的第一场雪。尽管急着赶回去，但年轻人对我的保姆说他想见我一面。尽管我已多年不曾会客，但这个风雪来临前的黄昏让我有些不明缘由的不安。"好歹也算是打发时间。"这么想着，我把轮椅滑离书桌，整理了一下盖在我那失去知觉的双腿上的毛毯，让保姆把年轻人请进了我的书房。

是个面容和善、苍白瘦弱的青年。

年轻人穿着一件黑色的旧呢大衣，袖子有些短，露着一双青白而骨节突兀的手腕。我的保姆搬了一把椅子搁到我的轮椅边，差不多正对着暖炉。我再三请他坐下，他才很局促地走过来坐下了。他坐下来后，突兀得夸张的双膝把他的裤子顶上去，使得裤管下露出了一截多毛的小腿，我这才发现他的裤子实际上也是有些短的，就像一个正处于旺盛的发育期的少年，因为个子长得太快，家庭条件又不容许经常买新衣，于是就只好长手长脚地露着。当然，年轻人显然早已过了发育期，无论如何都是个成年人了。起初听我的保姆说他想见我一面，我以为他有什么话要对我说，我饶有兴趣地猜测他可能会说些表达敬仰的恭维话，比如读过我的某篇文章、听过我某次讲座，并深受影响之类，就像我曾遇到过的那些打算靠所学的法律知识扬名立万、日进斗金的踌躇满志的青年，我甚至打算带着嘲讽的微笑听他说这些千篇一律的恭维话。可是，等这年轻人坐到我面前后，他似乎也没有什么可说的。他坐下来后，只是很腼腆地冲我笑了下，薄瘦的双手在突兀的双膝上蹭来蹭去，一句话也没有。但年轻人的表情里却有一种特别沉静、亲切的味道，这使得他看上去就像是一个偶然路过而顺便来访的老友。我没有这个年纪的朋友，退休二十多年了，理应也没有这个年纪的学生。不过我想，也许我们从前见过面，也许是他毫不怀疑地就把我当作了他想象中的那类人，因而连客套话都觉得多余。从半掩的书房门可以看见客厅，我的保姆正在准备茶水。电视开着，照例是戏曲节目，我的保姆每天都看戏曲节目，京剧豫剧黄梅戏什么的。这回是昆曲，一个青年男子的声音，拖着悠长而闷闷不乐的腔调唱道："今宵不宜多饮酒，帘内恐有知音人，我这过了盛年的人，醉后容易感伤哭泣……"有那么一段时间，我和年轻人都没有说话，就那样安静地坐着。过了一会儿，年轻人突然起身，从背包里掏出书来双手递给我。我接过来翻了翻，不免有些惊讶，这本书差不多收集了我所有的文章，不论长短，都收录其中，甚至包括一些很简短的书评，以及多年前我在某次新生入学仪式，和某次毕业仪式上发表过的热情洋溢的讲话。但正如我料想的那样，书中并没有我早期的文章，那些写于五十年代，让后来的我想起来会汗颜的文章。不知是搜寻未果，还是刻意的省略，总之，他们像高明的厨师收拾一尾不新鲜的鱼，掐头去尾，只把我最饱满、最光鲜的一段整饬整饬端了出来。因而这书勾勒出来的我的整个精神世界令人满意,是清晰的、丰沛的,甚至没有常人常有的犹疑。我略微翻了翻就把书放下了。保姆给我们端来两杯热茶后带上门离开了,剩下我和年轻人相对面坐。年轻人偶尔端起茶杯小啜一口,偶尔我们的目光相遇,年轻人瘦削的脸上就会浮起一丝略带羞涩的笑,炉火的红光映照在他的脸上,使他看上去像个在尽力压抑自己激动心情的孩子。这是个敏感、多情而又拘谨的年轻人。久违了的美好的年轻人!我相信只要我打开他的话匣,他一定会有许多话说。在我多年的教师生涯中,我遇到过不少这样的年轻人……我站在讲台上,讲着苏格拉底的审判,或是安提戈涅之怨,我的话语像飞散的小火星,落到那一双双年轻纯净的眼睛里,慢慢地我的眼前就充满了夏夜星空般的光辉。这是一个教师的幸福时刻。而更为幸福的是,你在这闪烁的、悠远的星空里,突然发现了一两簇跳跃不定的火苗,似乎很快它就会燃烧成一片火海,可转眼间,出于羞涩,或是出于谨慎,它又迟疑起来,黯淡下去,眼看就要退隐到那一片星空里。作为一个有经验的教师,这时我往往会不失时机地走下讲台,把手放在那绷得紧紧的、甚至有些战栗的年轻的肩上,说:"这个问题,你怎么看?"我的话往往会像根使用得当的拨火棍,那双年轻眼睛里眼看就要消失的火苗会忽一下燃烧起来，年轻人开口说话，就像一条陡然冲出峡谷的激流，一时间浪花四溅，有些浪花鲁莽地撞上了陡峭的崖壁，令人忍俊不禁，而大部分浪花则翻滚着，跌跌撞撞、冒冒失失地向前一路狂奔。而我能做的，就是怀着分外惊喜的心情，把自己想象成一叶轻舟，由着这股激流将我冲卷到前方不可知的某处。这是我职业生涯中最令我难忘、也是最令我怀念的部分。不过现在，我早已过了能享受这种冒险游戏的年龄，而且坐在我面前的年轻人，显然也比当年那些坐在讲台下的孩子们要多一丝老成，他眉宇间那股淡淡的忧愁，已染上了些许人生的烟火气，是有些滞涩、也有些凝重的，不似那仅仅只是因为理想，因为爱情而沾染上的青春的清愁。我想他的生活、学习或是工作一定都不轻松。

于是我只是问他是法学院的博士生还是老师。

他说是老师，也在诉讼法教研室。

退休前我就属于诉讼法教研室。但无论是关于那个教研室的诉讼法研究，还是关于那个教研室，我实在都没什么好说的了。前几年学术界突然兴起了一股海洋热，教研室为了上博士点，突出学科特色，将研究方向改成了"海洋诉讼法研究"。呵呵，想想看，海洋诉讼法！天知道是个什么东西。

我问他工作几年了。

他说半年前才从C大法学院毕业，硕士、博士都学刑诉法。他有些忧伤地提到了他不久前去世的导师。当那个名字从年轻人唇间吐露出来的一刻，我不由地缩了下脖子。这个名字，我并不陌生。年轻人的导师曾是我的学生，我被打成"反革命修正主义分子"的那段时间，年轻人的导师不止一次地让我坐过"喷气式飞机"……年轻人的导师用一只手叉住我的后脖颈往下摁，他只用一只手，我的头就低到了与肚腹齐平的位置，且一动也不能动了。哈，那时候他真年轻，浑身都是力气，他手掌的虎口简直像把钢叉，最初叉住我脖子的那一刻，我总是浑身一个激灵，不由自主地缩一下脖子，他用力收紧虎口，于是我就像只待宰的鸡一样，温顺地将脖子前伸了……我在被送去劳改农场放羊之前，坐"喷气式飞机"的时间，累加起来差不多可以乘坐一架波音747绕地球飞十圈，我的双腿也就是在那时候落下了毛病。但我从未怨恨过年轻人的导师，没有他，我还是会双臂后翘、腰背前伸地坐上"喷气式飞机"，我的双腿照样也会落下毛病，等着我晚年的照样只会是一把轮椅。"文革"结束后，我和年轻人的导师都不约而同地选择回到高校的讲台，但我们从此未曾谋面，我们刻意回避掉了很多有可能见面的场面，我们甚至从未同时出席过全国的刑诉法年会。但是，我们在主要的学术观点上却从未有过大的分歧。一九九六年刑诉法修改之前，学界发起过一个旨在推动"无罪推定"入法的活动，曾有人将它誉为"推车上书"，我和年轻人的导师都是发起人之一，我们一南一北，互相呼应，历尽艰辛。结果还是令人满意的，尽管后来我们都浑身溅满泥水，几近虚脱，但我们成功了，合力将一辆深陷泥坑的大车勉强重新推回到道路上去。年轻人的导师比我要小十多岁，他的早逝曾让我悲伤不已。我曾读过一首诗，我不记得诗人的名字，也不记得那首诗的名字了，但我还记得其中这样几句：

我来到这里

是为了和一个打着灯笼

能在我身上看到他自己的人

相遇

对我来说，年轻人的导师就是那个打着灯笼的人，我们在青年时代走过的道路非常相似，后来，我们又都寄身于同一个梦境。他让我知道我是有伙伴的。因而我们无需见面，也无需再多说什么。我曾寄希望于他，希望他能在我因老迈而无能为力之时依然精神抖擞地活着，继续为沉默权，为那些仅从正义的角度来看就不可或缺的权利，为彻底改善我们的处境而奉献余热。我有些明白年轻人为何想见一见我了。于是我看着年轻人，点了点头。

"我的老师曾告诉我，您是可以信赖的，他让我遇到困难不妨找您聊聊。"

"没错。"为了让他轻松起来，我带着玩笑的口吻说道，"你的老师是对的。"

"我觉得，我们这代人，没有什么未来。"说完这句话，年轻人忽地站起身来，快步走到窗边，他把双手撑在窗台上，双肩高耸，两个胳肢窝都夹得紧紧的。看得出他在尽力控制自己激动的心情。看着他的背影，我什么话也没有说，单是安静地等待他的心情平复下来。

"我们看不到什么未来……"他转过身来，脸色苍白地说道。

年轻人绝望的眼神令我心疼。我也曾经历过绝望的时刻，因而深知个中滋味。我调整了下坐姿，看着年轻人的眼睛，用格外平静的语气对年轻人说道："我像你这么大的时候，也这么想过，但是你看——"我摊开双手，道："未来，总会来。"

年轻人沉默了。过了一会儿，他平静下来，再次走到暖炉前坐下。年轻人两手捧着茶杯，搁在紧靠在一起的双膝上。他低头沉思了一会儿,道:"有时候,我劝告自己,何必那么累?像其他人一样活着吧,去那浑水里捞捞……"

"我能理解。"

年轻人抬起头来,看着我问道:"我很羡慕您,还有我的导师,羡慕你们这代人,尽管经历坎坷,但最终你们都算是坚持下来了。我想知道的是,您以前,有没有想到过,放弃?"

"以前?你是说……"我被批斗完后,就去劳改农场放羊了。我笑起来:"哦,那不是我经历过的最艰难的时候。"我想起了我曾放养过的羊,它们可是这世上最温暖的动物。

年轻人摇了摇头,说:"不,那时候,你们应该都是别无选择的吧,我是说后来……后来。"

我说没有。

年轻人对我笑了下,又把头低下了,手里轻轻转动着搁在膝上的茶杯。虽然我已退休多年,一直过着深居简出的生活,也很久没有去过滨海大学了,但从年轻人身上,我依然能感受到校园里的些许变化,或者说,是不可能有什么变化的变化——一群读书人集聚在大学的高墙之内,情形有点像某位刻薄的作家讥讽文坛,"像一瓶子气味难闻的绦虫"，彼此寄生，互相养活。而时间空空流失，万事只是依旧……理想与现实就像是两个完全无法咬合的齿轮，稍碰一碰就火花四溅，发出刺耳的尖叫。最初难免会有些难以接受，似乎被生活一拳击打在脸上，颜面尽失的感觉让你备觉羞辱。可是，随着时间的流逝，慢慢你也会惊讶地发现，尽管你改变不了生活什么，但生活能改变你的其实也并不太多。就像两个旗鼓相当的对手，在日复一日的拉锯战中，你慢慢会发现自己竟已完全适应了来自对方的挤压，有些时候，你甚至发现自己不能失去这种挤压。因为你的坚持，不知不觉中，你竟变得更柔软、更强大了，终有一天，你会发现自己反倒比那些早早就臣服、委身于现实生活的人拥有了更多的自由……这情形有点像身处高原，虽然无论你多努力，都无法把一壶水烧开，可是只要不放弃，一直烧，你就总能喝上热水。生命中宝贵的热水。在开水不可能的情况下，热水就是最不能放弃的。当然我明白这点，也差不多用尽了我的一生。如果说我这一生从未想到过放弃，或是从未梦想过别的活法，也不尽然。我走过了许多曲折的路，但最后我还是照这样走到了终点，不管曾经多难、多羞愧、多屈辱！

于是我把毛毯往身上拉了拉，想了想，再次对年轻人说道:"可以说,没有。"

年轻人看着我,点了点头。也许是我的回答让他获得了某种确信,他的表情看上去轻松多了,仿佛他到我这儿来,就是为了印证他之前尚抱有疑惑的猜测,或是为了放下一个早该放下的重负。我们的目光交会的一瞬间,我突然感到正在经历的每一秒钟都是如此美好,就像当年在课堂上,一场狂风骤雨般的冒险过后,尽管满地狼藉,无从收拾,但内心的安宁、满足也会接踵而至,似雨后清新的空气徐徐充盈心间,孤独感意外消失,并惊喜地发现,原来自己从来就不是一个人⋯⋯或许这世上没有人是单独的一个人,有用一生推石头上山、且永远也推不到山顶的西西弗斯,就会有人用一生去烧一壶永远也烧不开的水。他们都是自己命运里的荒谬英雄。

这时窗外刮起了大风,我的保姆迈着急急的步子去阳台上收拾晾晒的衣物,从天边翻卷的乌云后折射过来昏黄的暮光,这暮光把整个天空都拉暗了。年轻人扭过头去看了看窗外,起身告辞。听到他下楼的脚步声远去后,我把轮椅滑到窗前,目送他离开。年轻人出了楼道门,走到那条两侧植满高大银杏树的街道上,他低头前行,双臂抱在胸前,这使得他的后背看上去格外单薄。

走着走着，年轻人突然停下脚步，回头望过来，眼光闪亮……我一阵心慌，连忙将轮椅向后滑去。这一幕，不过发生在短短的几秒之间，可是，却似一阵潮水，将遥不可及的过去席卷而来。五十多年前，曾经也是这样一个即将下雪的傍晚，年轻的我也曾这样躲在窗后，万分羞愧地看着一个凄楚的背影独自离开，同样的，他走着走着，突然停下脚步，回头望过来……不同的是，年轻人在今晚这场大雪来临之前会回到家里，也许某天我们还会相见。而五十年前的那个人，却再也没有回来，当夜突如其来的一场大雪吞没了他的足迹，自此这世上再无他的消息。多年后，人们怀念他，开始寻找他，但都毫无结果。有人说他出了家，有人说他投海自尽了，也有人说在那个雪夜，出于绝望，他投身于那片有豺狼出没的山林，尸骨无存……我闭上眼，努力把痛苦的往事丢开。当我再次望向窗外时，恰好一阵风从街道上刮过，扬起的尘土与枯枝败叶追随着年轻人那单薄的背影到了路的尽头。天色愈加暗了，一群麻雀喳喳叫着，在光秃秃的树枝间不安地跳来跳去，它们的数目明显比夏天多了一些。这群麻雀的巢就筑在我们楼顶的墙缝里，我曾在那些腿脚还算灵便的日子里打探过它们隐蔽的蜗居。我总是无法将这些总在树枝上活泼地跳来跳去的小东西与那狭小的墙缝联系在一起。但我能从它们的啼啭以及跳跃的姿态分辨出它们的焦虑与欢欣。天气晴好的时候，它们的声音更清脆，跳跃更从容轻快，羽毛更油亮蓬松，体型也要显得格外大一些。我长久地凝望着窗外，渐渐暗下来的天光模糊了一切，那群麻雀最终也不见了踪影，年轻人刚刚走过的街道融入到愈来愈冷、愈来愈浓的暮色中。路上的行人多了起来，放学归来的疲惫的孩子，神情肃穆的下班回家的大人，他们缩着肩背默默走过，脚步匆忙。当夜色将一切彻底吞没后，我把轮椅滑回到暖炉边，那本书不知何时已掉到地板上。我颇费了番工夫才将它拾了起来。书有四百多页，非常厚实，做得也非常漂亮，封面淡雅，纸张柔软，散发着好闻的墨香。然而，我知道这本看似完整、漂亮的书实际上是残缺不齐的。书中收录的第一篇文章，《再论法的阶级性与继承性》，写作时间已到了一九七九年，这也是我从劳改农场重返讲台的那一年，因而文中有股自然流露的新生的喜悦，以及对法律、对未来怀抱的炙热憧憬，像一个天真的准备大干一场的伙夫——那时我已年过四十，是个中年人了，经历了那么多不可思议的事情之后，天真却并未因此完全磨灭，这在他人看来应该也是件颇为费解的事情吧——如果把这本书视为我一生的记录，显然这是一个没有青春的人生。我的青春岁月，被善意地隐去了。多年以来，我自己也是这样，一直强迫自己只往前看，不曾回望我那又美好、又残酷的青春。和我的大多数同龄人一样，后来，我们在不同的场合都多少谈论过我们曾遭受过的不公正的一切，但是，经我们之手带给他人的苦难，我们却往往闭口不谈……天啊，我们不谈，并不是因为遗忘，而是因为羞愧，这深重的羞愧，不亚于这世上任何一种最深的痛苦，只有有过同样经历的人才能体会。现在，我坐在轮椅上，时日无多，面对年轻人刚刚离去后空空的座椅，突然觉得这本静静摊开在我那失去知觉的双腿上的书，就像一张黑洞洞的大嘴，正无声细诉着过往。窗外夜色深重，北风一阵紧过一阵，我开始感到一直如此胆怯地对这段往事隐而不提不啻一场新的罪过。那么，在一场大雪来临之前，且让我强忍着这羞愧，说出这一段青春往事，将书中隐去的一切显露，就算是为了那个刚刚离去的年轻人……即便只是为了那个年轻人。或许，我也可以借此唤回那个在雪夜走失的人，也正是他，决定了我后来何以会成为这样一个人，何以这样度过自己的一生。无论如何，他都不应该被忘记。

在我开始讲述这段往事之前，细心的读者也许早已心生疑问：既然书中第一篇文章的题目是"再论法的阶级性与继承性"，是不是还有篇叫"论法的阶级性与继承性"的文章呢？是的，没错，无论我们多么刻意，被隐去的一切总是有迹可循。那个在雪夜走失的人曾写过一篇《论法的阶级性与继承性》的文章，发在《法学月刊》一九五六年第六期上。为了驳斥他，我曾写过一篇《也论法的阶级性与继承性》的文章，发在《法学月刊》一九五七年第十一期上。那时的我比刚刚离去的年轻人还要年轻些，怀抱神圣的理想，正处于人生中最美好的一段时光。我那篇文章所引起的反响，远远超过了我后来所写的任何一篇，与其说它是篇学术论文，不如说它是一杆投枪、一把匕首，甚至可以说它是根导火索，正是它，把一场熊熊的大火，引向了那个在雪夜走失的人。事隔半个多世纪，想到他我的内心依然会战栗不已……我到现在仍然记得那个阴沉的午后，那灰色的水泥铺就的操场，操场四周的围栏上贴满大字报，有风吹过，掀起一片哗哗的干燥声响。操场中央用几张课桌草草搭起来一个高台，一群年轻人将他推搡上台去，他低头看着地面，两手无力地垂在身体两侧，静默地立在高台中央，身上的衣衫和灰白的头发都异常凌乱。一个长着一双大耳朵的小伙子——大得像对翅膀——跳上台去，用一册卷成筒状的杂志不停抽打他的脸。大耳朵边打边对着手中的喇叭斥骂："想为《六法全书》招魂？想复辟？"大耳朵话未落音，操场上就响起了排山倒海般的呐喊声。如果我没有记错的话，大耳朵手中的杂志，正好是刊登着我那篇文章的《法学月刊》。多年以后，我见到大耳朵的人仍然会有强烈的不适感，我至今不愿意去人潮涌动的广场，也不愿去那种人山人海的聚会场面，那些大型的庆祝活动上再难觅我的身影。我惧怕山呼海啸般的呐喊声、怒吼声，也惧怕山呼海啸般的歌声、欢呼声。当我步入老年，我甚至不能像其他老人那样在凉爽宜人的夜晚去热闹的社区广场乘凉、跳舞。我成了一个孤独的人。而我年轻的时候，我与其他人并无什么不同。尤为值得一提的是我的大学时代，那时的我头发乌黑，牙齿洁白，每一寸肌肤都散发着清新纯洁的青春气息。与其他同龄人一样，对一切新事物我都怀着极大的热情，可以说，我那年轻、结实的身体上每个毛孔都是张开的。如果非要说出点我年轻时候的特别之处，那就是我跨进大学的那一年，正逢中国高校院系大调整。大调整完毕后，全国的法学院都只开与苏联法律及其理论相关的课程，教科书也基本上都是苏联的版本。我是院校大调整后的第一届法学毕业生。基于时代背景及我所受的专业教育，我自然而然地把安德烈·维辛斯基视为自己的精神导师。在我的学生时代，这位斯大林时期的苏联总检察长无疑被我们看成是苏维埃政权的守护神，他学识渊博、口才出众，在法庭上表现得像个战场上的英雄。传说常常是他的起诉书还没有读完，而被告就已被吓得全身瘫痪。自然，他的"口供是证据之王""法是统治阶级意志的体现"之类的理念也就被我奉若真理，不，应该说是被我们那一代年轻的法律人奉若真理才对。想想看，我们才刚刚于血泊中建起了一个崭新的共和国，我们无疑也会成为一群警惕的小兽，手握法律的利器，预备以一切力量去捍卫这来之不易的一切。我还记得我为学校话剧小分队写的一出小话剧，《在苏维埃的法庭上》，我在剧中扮演维辛斯基……灯光把舞台照得雪亮，我穿着一件垫了肩的苏式军大衣，在肚子上绑了一块叠得方方正正的毛毯，戴了副黑框眼镜，故意压低下巴以使脖子看上去更粗壮。我在舞台上踱着方步，突然伸出右手食指指着抖抖瑟瑟缩在舞台一角的"加米涅夫"，或是"布哈林"，我声色俱厉地说道：

"我从不相信抽象的正义！这些被告，就像疯狗一样，我请求苏维埃的法庭、人民的法庭判处这些血腥的狗强盗死刑,一个也不能放过!被告唯一的用处,就是作为粪便撒在苏维埃的大地上!"

往往我话未落音,全场就已响起了雷鸣般的掌声……那时我是那么年轻,有些青春的荒谬无可厚非。那时我们也常把真理挂在嘴边,这都无可厚非。我们像咯咯叫的小鸡从沙砾中寻找米粒一样寻找真理,我们赋予真理神圣的光辉,给它定义,把它确立为一种标准。可到头来真理却和荒谬一样,被浩如长河的时间吞没,留不住自己的身影。正如荒谬没有自己的历史一样,真理也没有,它们纷乱杂陈,从来无法独自成行,一如我们身后驳杂凌乱的脚印。因而我也从不为我青春的荒谬感到羞愧。真正令我羞愧的,却是因这荒谬而滋生的残忍。正是这残忍,让人性这唯一永恒的真理一度远离了如此热爱真理的我们——多么讽刺!说到残忍,想到我一生犯下的唯一深重的罪过,就连毛毯下我那双早已失去知觉的双腿也会不由自主地颤抖起来……

那年我二十三岁,刚刚从一所大学的法律系毕业,服从组织分配来到滨海大学法学院工作,教授《苏联刑法》与《苏联国家与法权史》。我在去滨海大学法学院之前,已了解到这所法学院是由滨海大学法学院及其他几所私立大学的法学院、法律系合并而成,这所新组合而成的学院里汇聚了诸多鼎鼎有名的法学教授。名教授们大都有欧洲、美国或日本的留学背景,他,那个后来在雪夜走失的人即是其中最负盛名的一位。他是美国耶鲁大学的法学博士,曾师从美国诉讼法专家摩根,通晓英、法、德、俄、意、日等多国语言,翻译过《人权宣言》与《联合国宪章》,并担任过日内瓦国际刑法大会副会长。将要与这些在专业领域声名显赫的人共事,我并不畏惧胆怯。毕业前,我们学校的书记(在我坐上轮椅之前,我的生活中总是有位书记,即便是在那些放羊的日子里也不例外),一位战功卓著的老军人告诫我们道:"现在你们才是真正的法律专家,社会主义的法律专家!"我的同学大都分到各级政法单位,从事为人民执掌"刀把子"的工作,这曾令我和那些分到学校、科研单位的同学非常羡慕。我也曾咬破食指写下血书,要求到祖国最需要、最艰苦的地方去,但老书记的一句话,打消了我要求重新分配工作的念头。老书记说:

"你们为何认为学校就不重要呢?学校关系着我们会有怎样的接班人,你们愿意将来刀把子落入那些满脑子都是资产阶级法律观念的家伙之手吗?"

我们当然不愿意。

于是我来到了滨海大学法学院。我正处于求知欲旺盛的青年时期，在校期间成绩优异，因而我也有足够的信心应对一切。来到滨海大学法学院后，很快我就发现那些所谓的名教授也实在没什么了不起的，他们个个看上去都有些缩手缩脚、心虚胆怯，带着他们那个阶级与生俱来的软弱性。我大一就入了党，而那时，那些白发苍苍的老教授大都还是党外人士，许多人的档案里也不外乎就是一句"1950年曾申请入党"。就像那时的大多数年轻人一样，渐渐地，我对这些思想落后、保守的老教授很有些不以为然，生逢一个能令你周身血液都熊熊燃烧的火热时代，但再美好的理想似乎也无法把这些行动迟钝、唯唯诺诺的老家伙们点燃。至于他，那个后来在雪夜走失的人，我们却一直未能谋面，他请了病假在家中休养。我到滨海大学法学院报到两个多月后，唯一没有见面的同事就是他。这期间教研室开了两次关于教学法的研讨会，他一次也没有参加。很快，一个对他极其不利的传言在人们中间传播开来，有人说他不满学校的课程设计，因而称病在家。尽管我还没有见过他，但在心里已滋生了对他的厌恶之情。没多久，学院的支部书记通知我，经组织研究决定，除了《苏联刑法》与《苏联国家与法权史》这两门课以外，原先由他讲授的《刑诉法学》也改由我上。没有什么成文法可讲，就重点讲授苏联刑事诉讼的实践。

在全院大会上，我们的书记敲着桌子，绷着一张又短又宽的脸，声色俱厉地说道："一身都是资产阶级知识分子臭毛病的人，就不适合站在人民的讲台上！"会后，总是满嘴蒜臭的门卫老丁也逢人就说："有些人的尾巴就像韭菜，隔三岔五地就得脱脱他的裤子割割！"

就这样，没过多久，出身好、吸收新知识快的年轻人很快纷纷取代那些老教授成为学校的教学骨干。老教授们慢慢靠边站，或者离开教学岗位，赋闲在家，或者去图书馆工作，或者去讲授基础课。而他，因外文部俄语老师缺得厉害，被调去教授俄语基础，从三十三个字母教起。

我与他的第一次会面，是在教学楼的一间教师休息室。我现在仍然记得那个下午，天气非常好，窗外的银杏树叶刚刚开始发黄，在阳光的照射下每一片都经络分明，显得又薄又亮。由于刚刚度过了一个盛大的国庆日，校园里的欢乐气氛依然浓厚得伸手可掬，学生们的兴奋劲还没有完全过去，个个脸上都带着一丝满足的欢欣。教学楼前的红色横幅、彩带、标语也都还没有撤下，一条条在风中摇曳翻飞。课间休息的时候，我端着茶缸到走廊尽头的教师休息室去续开水。在那里,我遇到了他,他正从桌上的暖壶里往杯子里倒开水。见我进屋后,他扭过头来冲我微微点了下头。在窗外阳光的映衬下,他的面部显得十分阴沉,神情很有些忧郁,浓黑双眉之间隐约可见一个浅浅的川字纹,整个人看上去与节日的气氛很不相称。起初我并不知道是他,是他的穿着,还有浑身散发的这股子与众不同的斯文而忧郁的气息吸引了我的注意。他面容清瘦,中等身材,上着一件半新不旧的白色衬衫,外套黑色薄毛背心,下着黑色长裤,脚上的皮鞋擦得锃亮,一头灰发梳得一丝不苟。那时候学校里大部分老师早都换上了中山装,或是列宁装,他这样的打扮,在我看来很有些布尔乔亚的味道,我不免多看了他几眼。一位身材敦实、上了年纪的女老师进来后,十分亲热地叫着他的名字跟他打招呼。女教师把茶杯放到桌子上,双手抓住他的一只手,关切地问道:

"很久不见了啊我的朋友,你还好吗?我们的小海菲兹现在怎么样了?"

他满面含笑,轻轻摇晃着女教师的双手说道:"下午好,密斯刘。感谢您的关心,我很好,小海菲兹也正在一天天好起来呢。"

他从地上拿起一只暖壶,给女老师的茶杯注满开水。

女教师接着又问他教法学与教俄语感觉有何不同，我这才知道是他——起先我听到女教师叫他的名字时，我还不能确定就是他——于是我目不转睛地看着他。只见他一只脚后跟稍用了用力，将身子轻巧地侧过来再次面向女老师站着，他的眼睛像擦干净灯罩的灯一样亮了起来。他冲着女老师优雅地弯了下腰身，道："我想它们没有什么不同，法学和语言学一样，最终目的都是要发出声音。也可以说……"他停下来，想了想，淡淡一笑，接着用俄语说道："也可以说语言学和法学一样，没有什么不同，它们都是自然的伙伴。"女老师用倍加赞赏的眼神看着他，开心地笑了。他一开口说话，我就被他吸引了，他模模糊糊的话语，一下掀开了一个悠远辽阔世界的一角，那是一个我并不明了的世界。我的好奇心被激发了起来。但我还未来得及探个究竟，他们却又转换了话题。女老师端起茶杯，他们一同走到窗边，谈起了俄罗斯文学。我往桌子另一边挪了挪，尽量不让他们注意到我。女教师说她刚跟学生讲解了列夫·托尔斯泰的《哈吉·穆拉特》，并感谢他推荐维特根斯坦。女教师笑意盈盈地看着他，说：

"我想我知道维特根斯坦为什么喜欢这篇小说了。哈！我也极爱这因顾念私情而牺牲的悲情英雄呢。"

也许是因为维特根斯坦,接着他们的谈话又改成用英语进行。这下我更是一句话也听不懂了。也不知道他说了些什么,女教师突然爆发出一阵大笑,她两手抓着披肩的一角,头往后仰,丰满的下巴抬得高高的,额前的几缕白发飞扬起来,被窗边的阳光染成了闪亮的金丝。我怔怔地看着他们,觉得自己像个傻瓜。我把茶缸放到桌子上,拿起暖壶倒水,我的每一个动作都比平常慢了一百倍。我在心里犹豫着要不要让他知道我现在正在给学生讲刑诉法,也犹豫着要不要问问他有什么好的建议。不知道为什么,认识他不过才几分钟,但我已隐隐觉得他比我更合适那个讲台。这让我内心潮涌起一阵无法言绘的沮丧。还有两三分钟就要上课了,他和那位女老师端着水杯,边说话边往外走,他们路过我身边时,不约而同地微笑着冲我点了点头。我笑着点头回应,端起茶缸跟在他们身后。他和女老师在楼梯口道了别,女老师下楼去了,他继续往前走,他上课的教室竟然就在我隔壁。我赶紧上前两步,走上前去跟他介绍我自己。尽管他依然表现得像个绅士,但我的直觉告诉我,他没兴趣跟我闲聊,他对我完全不像对那位女老师那样亲切,他的眼神黯淡,在听我说话和跟我说话时的表情,都淡到无。出于一种强烈的自尊,临分手时我突然问他:

"学生们告诉我，您以前告诉他们法律是全体人民的意志，是全民法，是吗？"

"这个问题么……"他停下脚步看着我，手捧茶缸，表情冷淡地答道，"不同的学术观点都需要掌握，我只是把自己所知道的都告诉学生们，他们需要了解，然后才能有所辨别。近来，在苏联国内，针对安德烈·维辛斯基关于法的阶级性的观点，已有学者发表了不同的看法。"他抬起手腕看了看表，道："瞧，马上要上课了，我们另找时间探讨吧。"说完他就匆匆走进教室去了。我于是明白，他根本就不屑于跟我讨论这种在他看来非常低级的学术问题，尽管已靠边站，但他的骄傲，那种来自内心的骄傲，并没有因此丧失掉。

"这个问题么……"

他的语气、表情，都让我想起了两百年前的巨人康德，我两耳不由地都热了起来。马鞍匠的儿子、药罐子加罗锅的康德曾从他那狭窄凹陷的胸腔内挤出一丝微弱的气息，调侃一直对"法是什么"争论不休的法学家，康德不屑地说："瞧，法学家们还在给法下定义呐！"这话引起的一阵哄笑整整持续了两百多年。

我决定去学校图书馆找他的文章看。我还真找到了几篇，其中就有他那篇《论法的阶级性与继承性》。我读过后非常反感，他在文章中援引的文献基本上都是资产阶级法学家的那一套，而且，他说法律不仅可以批判地继承，也可以有选择地移植，并以苏联、东德、波兰为例来论证旧法可以为社会主义所用。这让年轻的我无论如何也不能接受，照他的说法，国民党的《六法全书》岂不也是可用的吗？我借了这本杂志，拿到教研室给其他同事看，青年教师们都气坏了，大家一致认为他是个思想守旧的老顽固。

"都是因为他们过去的日子太好了，所以他们只是一味留恋过去的旧东西。"

"得回击他一下。"大家纷纷说。

我决定写文章回应，于是就有了那篇《也论法律的阶级性与继承性》的论文。"宣扬旧法有用，岂不是在为国民党的《六法全书》招魂？"现在，当我想起这些，即使时光已过去了五十多年，文章里这样超越学术探讨、充满攻击性的字眼，还是令已到暮年的我脸上发热。我这篇文章发表之后，在全校引发了一场关于"法的阶级性"的大讨论——后来这场大讨论发展成了一场大批判，并蔓延全国，这却是我没有预料到的——记得那年的十二月天气要比往年冷一些，我所在的滨海大学法学院仅在十二月上旬就连续召开了六次讨论会，尽管天气越来越冷,但大家的发言却一次比一次激烈。这期间我也在教学楼遇到过他几次,每次遇到他,我都会想起他文章中的话:"从私法来看,罗马法统治了世界,从公法来看,则是英国宪法统治了世界。"——将社会主义的法置于何地?我不再跟他打招呼,也不再像第一次那样关注他——我甚至都不再朝他看一眼,他干净的面容和锃亮的皮鞋都让我反感。同时,我在心里也为他感到惋惜,觉得自己尽管渺小,但还是很幸运地跳上了一辆飞驰的列车,而他就像一头被困住的大象,仍陈腐地原地徘徊,眼看就要被远远地落下了。

那年的霜冻天来得也格外早,一场北风一刮,严冬就突然降临了。而我的棉衣却还没有准备好。大学毕业之前,我把我唯一的一件棉衣送给了分配到内蒙工作的同学。我只好再次写信给我乡下的母亲,告诉她我需要一件棉衣。有一段时间,我天天都要去学校附近的邮局问问有没有我的包裹。一天下午,我终于收到了母亲寄来的棉衣,棉衣有股桐油味,是我母亲连夜在桐油灯下做成的。母亲白天得干农活,晚上才有功夫做点针线。母亲的针线活很好,一直靠做针线补贴家用,一直是这样……桐油灯的灯火总是捻得小小的,而油烟却很大,母亲的鼻孔熏得像烟囱,眼角总是红红的、湿湿的,看上去总像在哭。自我懂事起,每个夜晚我的母亲都是这样在桐油灯下度过的。我家被划为中农也跟我母亲的针线活有关,因为母亲的针线活,我们挨的饿相对来说少了点。有时候我宁愿她笨点,不要把针线活做得那么好……我把棉衣捂到脸上,有些想哭。棉衣的口袋里塞着大妹用歪歪扭扭的字写给我的一封信。信中母亲说农业合作社里的年终分配,我家又要吃照顾。父亲去世之后,母亲就成了家里的主要劳动力,爷爷因年岁大了,只能干些放羊放牛的活,挣的工分也不高。"好在你每月寄钱,爷爷奶奶,两个妹妹饭量都不大,今年的红苕也长得很好,日子还过得。"看来他们还是要吃红苕拌饭。从我懂事起,我们家就一直吃野菜、红苕、南瓜拌饭。母亲的信,令我心情沉重。那时我每月有五十元的收入,留下二十元吃饭、零花,买邮票给女友写信,剩下的钱我基本上都寄给了母亲。因为买不起回家的火车票,我从上大学起就没有回家过过年。我时常给母亲写信,乐观地预测日子会越来越好。是啊,我们的苦日子过得太久了,毫无疑问,革命将会兑现它先前的承诺,尽快让我们过上好日子的。收到包裹后的那个下午,我在宿舍铺开纸笔,打算给母亲写信,我在桌前坐了很久,却一个字也没有写出来。傍晚时分,一个学生敲开我的房门,捎给我一封信。我打开一看,是他写来的。非常漂亮的小楷,写在一张质地很好的纸上。他邀请我周日下午去他家喝茶。我的第一个反应就是他知道了针对他的讨论会,他会有一番辩解。这让我一下兴奋起来。距周日还有三天,我在这三天里做了足够的准备。尽管我也有些紧张,甚至是有些忐忑,但与一个高手过招,无论如何总是一件令人兴奋的事。

那个周日下午,我如约去了他家。我买了点久之堂的芝麻小饼作为礼物,穿上了母亲做的粗布棉衣。衣服非常合身,看上去也朴素大方。五十多年后的今天,我仍然记得通往他家的那条石子路,幽深而僻静。那个下午,学校的操场上正在进行一场拔河比赛,从我宿舍的窗口可以看到操场,从操场上传来的加油声、欢呼声一波接着一波,拍打着我的耳膜。校园广播里播放着欢快而高亢的歌曲,《歌唱我们的新国家》,"我们的新国家啊,伟大的新国家……"自收到母亲的信后,我的心情一直有些沉重,而这个下午,校园里的欢呼声、歌声很快将我灰暗的心情一扫而光。毫无疑问,困难是暂时的,来之不易的崭新的生活,还有一个可任人想象的新世界已在我们面前徐徐打开了……这么想着,我周身都热乎了起来。我步履轻快地顺着学校操场围墙边的石子路一直往北走,我想象着很快就要到来的一场机智激烈的唇枪舌战,经过这场论战,他必将会站到我这一边来。因为真理就在我这一边。我深信如果他意识到这一点,他一定会做出正确的选择。如果我能有他这样学识渊博的朋友,如果我们能像他和女教师那样交谈……我承认,他能自由进入的那个辽阔深远的知识殿堂对我有着强大的吸引力。我愉快地憧憬着未来美好的一切,很快穿过了医学院教学楼旁的石拱门,又走过一个种着松柏的小庭院,歌声渐渐远去了,我就像走在一条被遗忘的密道上,这条密道通向一个没有出路的旧世界,我此番前去就是要将他拯救出来。我兴致勃勃地走过园丁们的苗圃和他们居住的小平房后,看见了苗圃后围墙边那扇爬满爬山虎干枯枝蔓的小木门,穿过这扇木门,我又来到了一个小小的庭院,歌声、喧闹声都听不到了,是如此宁静。我在那扇小木门前停留了一会,打量着这个小而整齐的院落。院子里种着些桃李杏之类的果树,一群麻雀在光秃秃的树枝上轻快地跳来跳去。小院的东北角上立着一栋两层的白色小楼,楼前种着一株蜡梅。许是无人收拾的缘故,院子里到处都是衰草败叶,显得落寞而萧瑟。大约是听到了我的脚步声,他走到大门口迎接我。

他穿着一件厚实的灰色绒线开衫,面带微笑地站在那,神情甚是亲切和蔼。我与他握手寒暄过后,跟着他走进了一间小小的会客室。会客室布置得非常简洁,不多的几样线条柔和的旧木质家具,还有长长的深色窗帘,它们在磨得有些发毛的木地板上投下了静谧的暗影。窗下的一张矮柜上堆放着几本书,还有一座底座上刻着英文铭文的金色奖杯。奖杯边上是一个四四方方的木质镜框,镜框里是一个少年的照片,少年穿着一身黑色西装,手里拿着一把小提琴,看上去英气逼人。

"这是我的儿子,很不巧,近来他都不在家。"见我看那张照片,他介绍道。

仔细看,少年的眉眼,甚至是眉眼间的神情都非常像他。

"想必这就是小海菲兹了。"我说。

他笑道:"是的,朋友们的厚爱,为鼓励他,都这么叫他。"

我把手中的那包点心放到他客厅的茶几上,他会心地一笑,转身到厨房去端了一个托盘出来,托盘里是一壶茶,还有一碟点心,也是芝麻小饼。我不由也笑了。(后来我才知道久之堂原来是他家的祖业,公私合营后他每年都能从久之堂领到一笔数目不小的红利。他的父亲曾为滨海大学捐过一笔可观的财产，解放前一直担任校董，这栋楼也是他家的私产。)

他先是为不擅茶炊道歉，接着又为没有牛奶可以加进红茶道了歉。我说我不介意没有牛奶，因为我从来就没有喝过牛奶，也从来没有喝过加牛奶的红茶。我说完后，他愣住了。我猜想他应该是没怎么接触过穷人的，于是解释说我自小在南方农村长大，家里情况不好，常常连饭也吃不饱，就更不用说牛奶了。他神情肃穆，有段时间他没有说话，似乎在为我曾经遭受的一切感到难过。我告诉他说：

"从前我只是吃不饱，喝不上牛奶而已，很多无地的农民境况更惨，战乱连连，他们生下孩子，就直接丢到水桶里淹死，因为没有足够的食物养活更多的孩子。解放后每家每户都分到了土地，大家一起耕种，一起收获，淹死孩子事情已经很少发生了。这是我爱这个新国家的原因，它让我看到了希望。"

他专注地听着，眼神沉着柔和，面露愉快的神情。看得出他对农村发生的变化也深感欣慰。但我此番前来不是为了给他描述新农村，于是我笑着直接问他道：

"您邀请我来，应该不是为了听我讲社会主义的新农村吧。"

于是他在我对面坐了下来。他坐下来后,开门见山地问我是不是在民众大学读的法律。我说是的。

"嗯,我猜是这样。"他说,"我读过你那篇文章,你的俄文非常扎实,从引注来看你读了不少俄文书,这在你们这些年轻人当中实在难得。这也是我约见你的原因。"他十分坦率,但同时也让我感到一丝尴尬,似乎他愿意约见我,全看在那些俄文书的面子上。

"去苏联留过学吗?"

"没有。学校曾两次选拔留苏学生,有次我差一点就被选上了。呵呵,名额太少,政审也严。我出身中农。"

"那么,是在大学里学的俄语?"

"是的,学校曾为我们开过一门苏联法学精品原著选读课程。"

"俄文也是在这门课上学的?"

"几乎是同时进行,大家都没有俄文基础,就人手一本俄汉词典。班上年纪大些的同学学得吃力些,我还好,背了一本词典后,读起原著来轻松了许多。"

"谁教这门课?都读了谁的?"

我端起茶杯喝茶,内心有隐隐的不快,这样的对话与我最初想象的实在相去甚远。他极细致敏感,马上察觉到了我的不快。他把茶杯放下,身子前倾,看着我用十分诚恳的语气说道:"请原谅我问了这么多,我不是在审问你。你是我近些年来遇到的少有的——"他把一只胳膊肘靠在沙发扶手上,手指愉快地轻敲着那磨得温润光亮的木质扶手,道:"少有的极具天赋的年轻人。"

他说得非常自然,因而我也并无往日受到他人盛赞时的羞惭。我只得回答他道:"教这门课的是凯列,读得最多的是维辛斯基的作品,我非常受益。当然我在课外也读了点帕舒坎尼斯、斯图奇卡以及朱斯涅尔的书,我想知道他们错在哪里。"我没有跟他说为了赴他这个约,这几天我废寝忘食,又将这些人的著作重新温习了一遍。

他很专注地听着,并不时地点头。

"就这些?"

尽管有些困窘,但我还是老老实实地答道:"就这些。"

"凯列,来自喀山大学的凯列,是吧?"他若有所思地接着说道,"身材庞大,红鼻子,嗜酒。如果我没有记错的话,他应该是朱斯涅尔的学生,十多年前我们曾在荷兰的海牙见过一面,那时他还是持规范说的。"他的嘴角浮起了一丝不易察觉的嘲讽的微笑:"看来他后来又追随维辛斯基了。"

凯列是我的老师，他有一个红红的大鼻子，每天都离不开伏特加。他在课堂上口若悬河，很有激情，对马列经典信手拈来，只是常常酒后无状，招人诟病。但我从未怀疑过他的学术水平，对他以前的学术立场也毫无所知，因而一时不知道该说什么好。我端起茶杯喝茶，他则一手撑在腮帮上，陷入了沉思。室外光影移动，室内也跟着暗了下来，暗淡的光线使每一样物件顿时都显得格外清冷起来，他身后的白墙却一下从这清冷里凸显了出来，我这才注意到墙上原来还有几块方方正正、大小不一的灰黄的污迹。我不由暗自揣测，也许这些方方正正的污迹处悬挂过名人画作，或是某方家的书法真迹，这堵白墙曾经应是无比雅致富丽的，现在却空空荡荡，显得颓败而又落寞。墙角立着的一个空空的白瓷瓶吸引了我的目光，瓷瓶有半人高，造型极美，瓷白如玉，透着温润的青色。瓶身上一道长长的不规则的裂纹差点令我失声叫起来。从前，这瓷瓶一定受到过精心呵护，有人日日擦拭，瓷瓶里一定插过蜡梅，或是别的什么青枝红花……真是可惜！我不由暗自感叹。他坐在那儿默思不语，沉浸在某个我不知的世界里。他身后的每一样东西，似乎一直是以跟他同样的方式活下来的，也似乎与他经历的同样多，因而它们沉默、落寞的姿态都像极了他。

过了好一会,他才开口说话:"既然是这样——"

他把手放下来,两眼看着我说道:"不知你是否愿意学一点德文?如果你愿意的话——"

未等我回答,他就起身走到窗前的矮柜边。他从那几本书里抽出来两本,疾步朝我走过来。他把书递给我,说道:"也许你用得着。"一本德俄词典,另外一本非常薄,也是德文的。

"这是《共产党宣言》的原版单行本,文中有一段,常被人拿来定义法。我们现在读的中文版,都是从俄文版转译过来。我认为俄文版是有误译的。"他把书翻到那一页,把他认为被误译的那段指点给我看。

"《法学阶梯》上说,法是人世和神世的学问……这是最令我着迷的对法的定义,可以说它承载着人类对法的全部期待与想象。相比之下,定义本身,我倒认为并不是那么要紧的了。"说这话时,他的眼神变得格外深邃起来。

至于针对他的那六场所谓的讨论会,他只字未提。

从他家吃完下午茶出来,我的心情重又变得沉重起来。我不记得未加牛奶的红茶的滋味,也不记得他家那百年老店生产的芝麻小饼的滋味。我的直觉告诉我,他所言不虚。我平常读到的经典作品有误译,这像一记重拳将我击得晕头转向。我彻夜不休,抱着那本词典啃起德文来。"你们的权利不过是被奉为法律的你们这个阶级的意志。"这句话我是多么熟悉,又多么陌生。在我读过的维辛斯基的经典著作中,这句话向来是这样的:

你们的法不过是被奉为法律的你们这个阶级的意志。

我自己在课堂上也是这样跟学生说的。我从未怀疑过这句话会与马克思的原文有什么出入,我从未怀疑过我从课堂、从书本中获得的一切。我把这句德文抄下来,决定再找个懂德文的人看看。我先后找了好几个懂德文的老师,每个人拿起纸条即念道:"你们的权利,不过是被奉为法律的、你们这个阶级的意志。"我原以为坚固的大厦出现了一道裂缝,这道裂缝让我惧怕,也让我看到了自己的贫乏。我为此感到羞愧。我一头扎进图书馆,扎扎实实读起书来。像那个年代渴望以最简便的方式获得真知的读书人一样,我自然也是从臆想中的源头——马克思那儿开始。我读得愈多,就愈发现我在那篇文章中对他的批评、指摘是多么草率、多么不恰当。他是对的,马克思从未以法的阶级性去否认法的社会性,"法律应该是社会共同的、由一定物质生产方式所产生的利益和需要的表现。"我不敢说我完全领会了马克思的学说，但这句话的意思，却是再清楚不过的了。我感到了前所未有的迷茫，对过去、对正在发生的一切以及可能要到来的一切，我原本持有的确信动摇了，这动摇令我无比痛苦、茫然。我不敢想象，我曾经深信不疑的真的思想，以及它所勾勒的未来世界的图像可能会有偏差，我头脑里的一切原本都是无比澄明、不可遮蔽的，我从未想象过还有另外的可能。我好像就要失去原本双手在握的珍宝，这令我几乎无法承受。我更加努力地学习，渴望能理顺我头脑中纠缠不清的东西，以便能使自己尽快摆脱不确信的痛苦。我也多次走过那条僻静幽深的小路，去向他请教我在学习中遇到的难题。他总是耐心细致地回答我的问题，且见解独到。我很快就发现，其实他对马克思恩格斯等人的经典著作以及对维辛斯基的熟悉程度俱远在凯列之上，可以说，与他的每一场谈话都使我受益，我常有茅塞顿开之感。于是我不知不觉中向他敞开了自我，就像在他面前打开一座密室。而他对自己的好奇心却始终掌控有度，并未因我的信赖而做不适当的窥探。不管我对他说出多么令人惊恐不安的想法，他也总是平和淡定地指引我看到这想法平常而合理的一面。

"过分醉心于知识的光明，其实就是在回避它原本就有的阴影，人们的胆怯多虑会使他们相信绝对真理这回事，可是就像珍珠，再完美的珍珠，也必有一个粗粝的沙砾做成的内核。"

他说得谨慎而节制，语气郑重，深思熟虑，恰到好处地纾解了我的苦闷。

后来，我常常回想起我们最初的交流，他是如此淡定温和地，几乎以我不曾察觉的方式消解了我那些惊世骇俗的疑惑。即便是在他最为艰难的日子里，即便是无路可走，他也没有为改善自己的处境将我们的谈话泄露只言片语，只言片语就足以将我陷于万劫不复。他是一个年轻人在成长之路上所能遇到的最好的师友。因而我这一生，从未像电视里那位唱昆曲的男子那样仅仅为青春的消逝感伤哭泣，常常令我热泪盈眶的，正是在我青年时代得到过的来自他的无言厚爱。这爱，足以令我终生温暖。

当然，有时候我的问题也会令他哑然失笑。

"啊呀小朋友，要是这世上没有维辛斯基这个人，你可要怎么办啊？"

我在他善意的打趣和亲切的注视下不由满脸飞红。

他内敛，敏锐，又格外谦和宽厚，对各种不同的学术观点都持包容姿态，这在我看来很是新鲜。当时知识界的人们早已习惯用政治的火药来填充学术空虚的子弹,包容谦和是软弱且缺乏革命战斗力的表现。可他却不屑于做任何改变。继我之后,有位姓潘的教授公开撰文指责他那篇《论法的阶级性与继承性》反党反社会主义,我问他有何看法。

他神情忧郁地淡淡地说道:"学术是要为实践提供理论指导的,学术上的分歧与辩论,其实有助于我们更好地认识这个世界。如果把持不同意见的人都斥为反党反社会主义,今后谁还敢发表不同意见?一言堂,对社会主义建设恰恰是最有害的。"

兼听则明偏听则暗,我也觉得他的话很有道理。

相比别人对他的批评,他对鲜活的生活,对农村发生的一切更有兴趣。当我说起农村发生的变化,比如办了农民夜校,我母亲不再熬针线活了,而是和两个妹妹在晚上去夜校的扫盲班识字学文化,比如婚姻自由,年轻人开始自由恋爱自己找对象等等,他总是很认真地倾听,完全沉浸在我对农村新生活的描述中,眼里常常会流露出一丝不易察觉的激动神情。是时正值电影《刘巧儿》上映,我强烈向他推荐这部电影,邀请他一起观看。他郑重其事地换了件干净的风衣、戴了顶礼帽跟我去电影院,那样子就像他不是要去看一场电影,而是要去听一场高雅的音乐会。看完电影他非常激动，对新凤霞的唱腔与美貌赞不绝口，对电影中出现的审判方式也表现出了浓厚的兴趣。我告诉他这叫"马锡五审判"，最早出现在陕甘宁边区农村。他停下脚步，站在路灯下一棵树的黑影里不肯走了，非要我答应做他的老师。

他把帽子脱下来揣在胸前，对我鞠了一躬，道："我做您的德文老师，我请求您做我的生活老师，告诉我乡村的一切，您若不答应，我以后再也不会回答您请教的任何问题了。"

我只好答应了。

一路上他不停问我，马锡五是什么人，有没有受过法学教育，判过哪些案子。他一边听一边不停叹气，为自己的无知深感惭愧。

"在司法体制不健全的情况下，这种审判方式能减少刑讯逼供与冤假错案的发生，值得研究啊。"兴之所至，他很坦率地告诉我道："我那篇《论法的阶级性与继承性》的文章，其实并无什么学术价值，不过是讲了一个常识而已，没想到在这个问题上大家还有这么大的分歧，真是有些浪费时间啊！马锡五审判，这才是真正值得我们研究的，用这种审判方式解决民事纠纷非常好啊，但是在刑事案件上，我认为不宜推广，刑事案件的侦破需要专业的侦查机关。"他的语气里有一丝难掩的兴奋。

我们再见面，就把时间一分为二，他教过我德文后，就安静地听我讲农村与农民的生活。我讲述的时候，他极少插话，听得非常认真。我大妹在一封信中提到合作社里正在进行一项使母猪有计划同期分娩的技术革命，我告诉他后，他就不停地催我写信回去问问这项技术革命进行得怎样，有没有成功。他颇费了番功夫，找来两篇苏联农业科技人员写的相关文章，并连夜翻译出来让我尽快寄回去。我感受到了他那深藏不露的热情。有一次他终于没忍住，有些羞赧地问我道：

"现在合作社里有没有养奶牛？要是养上些奶牛，孩子们就都能喝上牛奶了。"

他还惦记着牛奶！我笑而不答。与他渊博的知识相比，他对农村与农民都一无所知，而我却不再对此反感了。他安静、沉默地坐在那间小会客室空空的白墙前的样子，看上去依然显得跟这火热的生活相当隔膜，我知道是他简单的生活经历让他如此，他相当地脱离群众，对这个世界缺少了解，但这同时也让他显得很本真，没有常人的烦琐卑微与粗俗。他的世界自成一体，简单，深透，而又孤独。

与此同时，学校里的空气却像只慢慢收紧的口袋，日渐压抑起来。人们神情凝重，少有交流。渐渐地，我也不得不谨慎起来，不再去他那儿，我的神经也开始绷得越来越紧。校园里出现了越来越多的大字报，我每天都很担心自己的名字会突然出现在某张大字报上。那些大字报贴得层层叠叠的，满校园都是，新的大字报盖住旧的，上面的文字也变得越来越像件利器，你不能指望从任何一张大字报上读到些许的理智与审慎，每一张都是省略了必要的质证与辩论的判决书，简单粗暴地你来我往，血淋淋地互相揭发，完全摈弃了昔日的温和与教养。很快我就发现了贴给他的大字报，有人以"美帝特务""蒋家王朝的走狗""《六法全书》的招魂人"来辱骂他，而且很快出现了很多的呼应者。我感到惧怕、不安，我放出了第一支箭，它带着嗖嗖的响声飞出去了，现在它得到了更多的箭的呼应，而我却早已骇然地发现自己拔错了箭……尽管贴给他的大字报不少，但我一直未见他有任何回应。我曾在天黑后偷偷到那飘满落叶的小院去，但都扑了空。于是我只好偷偷去找那位姓刘的女教师打听他的消息，才知他的儿子，那个获得过列文垂特国际小提琴奖的天才少年，因为肺病一直住在山上的疗养院里。女老师告诉我，近来他儿子病情加重，他请假上山陪伴他生病的儿子去了。

"他的太太呢?"我问女老师。

"她在解放前夕牺牲了。她出生在一个富有的纺织厂厂主家庭,但她是坚定的马克思主义者,也是一位地下党员,她为这个新国家献出了自己的生命。"

我震惊不已,道:"怎么从未听他提起过?"

"这是他心里最深的痛,他也是在他太太牺牲后才知道她的身份的,他一直在为自己没能保护好她而自责呢。"

女教师用她那柔和而忧郁的眼神看着我,说:"你知道美国法学家庞德吗?他们是挚友,庞德曾邀请他去哈佛任教,因为他太太的缘故,他选择留下来,为我们的新国家尽力。"女教师拉起我的一只手握了握,忧心忡忡地对我说道:"我很高兴他能有你这样的朋友,他实在是,太孤独了。"

那位女老师对朋友的关切之情,令人动容。我屏息不语,就正如我从他高贵的沉默中感受到一种精神的美那样,我从女老师的善良、亲切中也感受到了温暖的人性之美。同样,这种感受我也不能拿来与他人分享,它们是不可言说的,对于不可言说的东西我唯有沉默。

知道他的太太是位革命烈士后,我备感内疚,也突然明白了他何以会对他并不完全理解的生活暗怀热情。

我鼓起勇气去找学院的书记，承认自己最初对他的批评是错误的，我很委婉地提议让他重新回到法学院的讲台上来。

"你还年轻，很容易被迷惑啊。"书记语重心长地说道，"你这样的出身，还有以前的表现，组织上是信得过你的。那六场讨论会，开得就很好嘛。前段时间，有同志向我反映他在拉拢你，你千万要站稳立场。虽然解放这么多年了，但形势还是很严峻的，前不久我们一位抽调到四川凉州从事民主改革工作的同志就被反革命农奴主杀害了。血的教训啊，千万不可放松警惕！"书记转身从柜子里取出一份文件，递给我道："你看看这个。"

我接过来一看，原来是一份证明材料，多人签字揭发他曾在国民党南京政府做过任期半年的总检察长！

"这是真的吗？"我惊问道。

"组织上调查过，基本属实。他自己解释说因为不满国民党政府的司法腐败，最后主动辞职。无论如何，他这段经历，都是值得我们重视的。"

国民党南京政府的总检察长！

我大脑里一片空白，再也说不出一句话来。

书记敲着桌子，道："我们马上要开始深挖暗藏的人民敌人，你一定要保持清醒。他有文化有知识，可是他革命吗？他支持我们的革命吗？他妻子是革命的，这没错。可他妻子革命，并不代表他也革命。他的兄弟姐妹，不就都跑到香港、美国去了么！还有，你要知道，他一直坚持腐朽的资产阶级生活方式，几乎是一个人住着一栋大房子，我们很多老革命老同志都住得比他挤。不说老革命老同志，就说老丁，老丁世代工人出身，一家七口人就挤在两间平房里。我们革命是为了什么？也不说房子，就说表现，他也还在压迫剥削劳动人民嘛，有同志反映他的衣服一直都是一个园丁的家属替他洗的，衬衣一件七分，裤子是一角，袜子三分，他自己没有手的么？我还听说他每年从久之堂拿走五千多元，他到底为久之堂做了些什么呢？五千元啊同志！"末了书记交给我一项光荣而艰巨的任务：配合组织深挖暗藏的人民敌人。

"你只需要带个话给他。"书记说，"他到底是不是暗藏的敌人，很快我们就要知道了。"

与书记谈完话后，我不知道自己是如何走回到宿舍的。那个下午，我站在窗前，看着一阵阵的北风打着转儿在空荡荡的操场上奔跑，风似乎并无什么确定的方向，它们狂乱奔突，不时从操场四周的围栏上扯下张大字报狠狠地抛向空中。我内心的混乱、矛盾不亚于它们，可是，我没有风一样自由的身体，这混乱、矛盾就在我体内积聚，变成了一种最难以言说的痛苦。

"最可怕的是躲在暗处的敌人，他们可能会使无数先烈的鲜血白流！"书记的话在我耳边萦绕。

他到底是不是暗藏的敌人呢？

我终于找到一个机会，给他传达了一个重要信息：门卫老丁的儿子是跑船的船员，他可以安排将人藏在船上的某个地方偷带到香港。为避免人多眼杂，我特地提议他和老丁来我宿舍商议。现在，当我回想到这里，尽管过去了半个世纪，我握笔的手仍然不由自主地颤抖起来。当时间过滤掉特定历史时期的特殊氛围后，我看到的自己，赤裸裸的自己，不过是一个为了重新站回到所谓的革命队伍里，而不惜利用一个儿子的疾病去给他的父亲下套的青年。而唯一能给年老的我以安慰的，是那时的我到底按捺下来，没有急急忙忙追到山上的疗养院去，在他儿子的病床边给他下套。我只是每晚去他家，冒着严寒站在那扇开在围墙边的木门外，耐心地等待屋内的灯光亮起来。

我记得他先后来过我宿舍两次。头一回，他满脸倦容地坐在那，只是静静地听老丁说，他一句话也没有说就回去了。我暗地里松了口气，甚至有些高兴，为他，也为自己。我希望他再也不要到我这儿来了，永远也不要来了。可是，几天后的一个夜晚，他却再一次敲响了我宿舍的门。我默默地把门打开，把他让进屋内。他坐下来后，说道："丁先生一会也来。"

丁先生！我心里一阵冷笑。

我不知该如何面对他，就把头扭向窗外，心里盼望老丁快来，又盼着老丁不要来。

"书看得怎么样了？"他在我身后问我道。

我摇摇头，无言以对。

"读书人，除了读书，还能做什么呢？"他的脸上浮起一丝凄清的笑。沉默了一会后，他接着说道："上次你提到农业合作社里农民土地入股分红的问题，我思考了很久，觉得还是需要制度支持的，如果能有相关立法，农民的利益才能更有保障。我不知道你注意到没有？其实，马克思对土地所有权与使用权分离问题就有很翔实的研究，别的不说，他的分析框架，还是非常有说服力的，你可多看看。"

我又羞又愧地在他面前坐下，点了点头，心里涌起一股难以言说的苦涩。

可老丁还是来了。

老丁重新跟他说了一遍先前说过的相关细节，路线、途中的安全、接应地、费用，以及需要事先准备的东西。这一次老丁似乎比上一次更兴奋，他像个急着等鱼儿上钩的钓鱼人，又滔滔不绝地列举了好几例成功的案例。

"放心！我儿子跑了二十多年的船了，不是头一遭儿带人！"老丁把胸脯拍得啪啪响。

他很沉默地听着，过了好一会，他开口说道：

"好吧。"

尽管过去了五十多年，我还能记得当他说出那句"好吧"以后，我内心突然涌出一阵莫名的轻松。倘若他真是暗藏的人民敌人，那么我最初对他学术立场的批判就是歪打正着，我后来所做的这一切，也就因有了一个光明正义的结果而变得更容易被自己接受了。不过，这轻松并没有在我心头停留太久，只听他接着又对老丁说道：

"好吧，请安排我和您的儿子见面，我孩子的病一直不见起色，他的小提琴就快要荒废了，如果能将他送到香港救治……"

他蓦地抓住老丁的双手，无力地弯下腰身。他把他那低垂的额头抵到老丁的手背上，喃喃道："为了我的儿子……"他花白的后脑勺、弯曲而单薄的脊背，以及近乎自语的痛苦的低叹，一瞬间把他还原为一个父亲，只是一个父亲。那一刻，他弯曲的腰身、微弱而痛苦的叹息，竟比这世上任何一种真理都更深地打动了我……

他成了妄图背叛祖国的人民敌人。

操场上不再有拔河比赛，批斗会一场接着一场。我常常隔着一扇玻璃窗看着操场。起初，它是那么空旷，人们沉默地围拢过来，新砌的台子上有时站着一排人，有时只是他一个。最初的一两声尖利的口号声过后，操场上就像滚过一阵惊雷，原本沉默的人群沸腾了，仿佛被一根巨大的无形的棍子搅动，黑压压的人群向前推涌过去，又倒流回来，然后又再向前推涌过去……台上渺小的人影像粒尘土飘入大海，很快就在一阵排山倒海般的呼喊声中消失不见。而我却并没有像其他人一样，于这排山倒海般的呼喊声中得到些许确信，仿佛一切都被突然抽空，我只是在一股无形的力量中漂浮了起来，陷入无边无际的虚空中。他被打倒，又自绝于人民后，对法律继承论的批判从滨海市蔓延到了全国。很多年以后我才明白过来，我们亲手制造了他的悲剧，也亲手拉开了我们的悲剧之幕，他的悲剧只是一支序曲。正如那年那场突如其来的初雪，雪后连绵不断的严寒才是真正的灾难。那年初雪夜，他是否真的经过我的窗前，是否真的回头望过我一眼，对当时的我来说并无什么意义，我茫然、麻木地过着每一天，完全丧失了对这世界的判断与感知，因而那时的我也不可能预料到，打倒了一个他，从此法律虚无主义竟会笼罩我们多年，我们每一个人都要因此度过一段毫无尊严的漫长时光。后来，在劳改农场的那些日子里，每当我独自一人，赶着羊群翻越积雪的山岭，天地辽阔，万物静默，尽管孤独、饥饿、寒冷使活着变成了一件极其艰难的事情，但我的心境却出乎意料地平和起来。绵延的群山，荣枯更替的草木，挟裹着砂石的寒风，在薄冰下静静流淌的河水，以及因受惊而奔跑的动物，总能使我感受到一种超越人类社会制度威权而永恒存续的生活，合乎自然的正直的生活。我也常常会因此想起他，还有他说过的那句话："法是人世和神世的学问。"失去了这学问，人们要么成为愚民，要么成为暴民。这是多么痛的领悟。

　　我也还记得，他失踪之后，我曾偷偷去过他居住的小院，只见白墙上挂着一串串的蒜瓣和红辣椒，蜡梅树移去了，就地开垦出了几畦菜垄，院子当中拉着好几根晾晒衣物的绳子，一切都显示出新主人热气腾腾的意趣来。我也曾在校园里路遇那位女教师和他的儿子,满头银霜的她搀着那位孱弱的少年,面若寒霜,冷冷地从我身旁经过。我羞愧地驻足路旁,目送他们一老一少孤寂的背影蹒跚远去,心里充满了对那位女教师的感激,感激她像他一样,让我在如此不堪的生活中依然看到了美好。时隔几年后,我戴着一顶"反革命修正主义坏分子"的高帽,被揪到了他曾站立过的台子中央,寒风在黑压压的人群后卷起阵阵尘沙,就在我的脖子最初被年轻人的导师那强健有力的手按压下去的一刻,我想起了他,刹那间,我明白了我们的敌人其实并没有我们想象的那么多,我眼含热泪,心里因此获得的轻松也远比台下愤怒的人们要多。那一刻,尽管我无比羞辱地头颈低垂、双臂后翘、腰背前伸,在那寒冷刺骨的空气中一动也不能动,但确信竟慢慢重回我心,以不一样的方式扎根下来。自那以后,这世上就再无什么痛苦可以使我绝望,也再没有哪一种绝望,可以将我轻易击倒。

2013年2月22日初稿
2013年5月5日定稿

白鸭

上

通判大人后来一直记得，他初到气候湿热的上城时的情景……他命人勒马停车，然后用一把白绢玉骨山水画折扇挑起车上天青色薄纱的帘子，隔着一条护城河打量上城。

上城一如他料想的样子，灰扑扑的屋瓦上方，是雾蒙蒙的天。

通判大人到上城赴任的那天，城里的富商大贾精心准备了为他接风洗尘的盛宴。通判大人风雅的名声比他本人先行一步到达上城，宴席上为通判大人准备的洗手盘里漂着一朵晨露未干时采摘下来的栀子花，擦手的锦帕上用复杂的掺针与不同色阶的丝线绣着翻卷的五彩祥云，宴席上的每款珍馐都有一个饶有趣味的说头，上城最负盛名的歌姬怀抱琵琶坐在珠帘之后，准备为通判大人一展美妙歌喉。身为从五品文官的知州大人，为了表示对卸任詹事府正五品左春坊右庶子之职来上城屈就正六品官阶的通判大人的欢迎，特地穿戴整齐，带了一队衣冠整肃的随从去城外恭候通判大人的马车。不过，知州大人扑了个空。载着通判大人和他的家眷的车队已先行一步驶入了修葺一新的通判府，一个面容娟好的得力亲随手持通判大人告乏的亲笔书信来拜谒知州。三天后，由通判大人从京城带来的厨师主理的家宴，还有两坛御赐美酒恰到好处地慰藉了知州大人和豪绅们的失落。不久，关于通判大人外表俊雅以及他不好接近的传言在上城的官绅阶层流传开来。

通判大人也渐渐听闻了这些传言。

通判大人在翠竹掩映的书房里挥毫泼墨，那面容娟好的年轻亲随从上城各种不同的地方带回各种有趣的传言。仅通判大人为何会来到上城，就流传着好几种有趣的说法。酒肆里的男人们，说通判大人奉旨由詹事府借调内务府赴武英殿监校活字印术，不料小隙沉舟、玉毁椟中，此番是被贬来上城。勾栏里的姑娘则说通判大人爱上了一位身世异常煊赫的夫人，这无望的爱情令通判大人痛苦不堪，不得不远走上城……凡此种种。通判大人提笔在手，望着窗外婆娑的竹影，拈须一笑，不置可否。初到上城，通判大人选择深居简出，静候人们对他的好奇淡下去。通判大人知道，无论人们的好奇心多么强大，一成不变的事情总是能轻易将之消解。来到上城后，通判大人少有宴乐交游，平日里通判府总是大门紧闭，每隔两天，通判大人就摇着那把白绢玉骨山水画折扇，坐在挂着天青色薄纱的凉轿里去衙门与知州共签文书。一路上，通判大人看到的人情风物与京城有着极大的不同。因为炎热多雨，上城麻石铺就的街道总是湿漉漉的，空气里弥漫着栀子花的甜腻香气，百姓灰色的屋瓦上遍布鸟雀的粪便，而藤萝顺着石砌的矮墙漫牵，处处葳蕤一片。男人们大都短衫赤脚，他们矮小结实、异常灵活的身躯让通判大人惊奇不已。妇人们身材瘦削，皮肤白里透出青色，乌黑的发髻上簪着随处可见的野花，眼神粗野而大胆。孩子们则像初生的野马般不知拘束，他们在人群里窜来窜去，大呼小叫，偶尔也会被失去耐心的大人们揍得鬼哭狼嚎。看到通判大人路过，喧闹的人群会一下变得安静起来，大家相互推挤着让出一条路来，人人好奇地立在路边，汗津津的脖子前伸，肆无忌惮地往凉轿里张望。没有人拦轿喊冤，衙门门口的大鼓上也满是尘埃。上城百姓嗜好辛辣刺激的食物，看上去也像缺乏些教化，但似乎鲜有斗狱争讼，显得十分太平的样子。通判大人也曾赴过知州大人的夜宴，通判大人看到的知州大人，性情爽直，善饮，好狎歌姬，与他人无异。通判大人不免疑心圣上的多虑。圣上曾用一把象牙折扇指点着帝国疆域图上东南角的这一隅，说："朕即位六年来，此处从无忧报……"通判大人的曾祖父做过先皇的帝师，余荫惠及，通判大人曾于年少时入国子监陪还是太子的圣上读过一段时间的书。出于对圣上的了解，通判大人立马悟到上城多年来淡淡的"太平"二字已使勤政的圣上不安。彼时通判大人的爱妾也正与通判大人闹着别扭，通判大人难捺思念，屈尊纡贵前去问候，爱妾冷冷一句"还好"，立马让通判大人有被拒千里之感。可哪里是还好？和好如初之后才知爱妾竟已连日三餐俱废，更无一日不垂泪！国事大约如常人的私情，是圣上最幽深的隐私。上城多年的"太平"二字让圣上觉得不被需要，甚至生出了要失去这片疆土的担忧。这担忧似隐疾，满朝文武，除了通判大人，圣上又能向谁提及？

通判大人认为自己此生最大的使命，就是替圣上分忧。

通判大人自知无甚大的才华，因而在仕途上亦无甚志向，多年来安心于左春坊右庶子的闲职，偶尔应诏入宫，陪嗜好收藏玩赏书籍的圣上鉴赏珍籍善本解闷。圣上每得了某孤本秘籍，必召通判大人一同赏玩。他们在一块圣上亲手书写的"天禄琳琅"的牌匾下，共同消磨了许多好时光。通判大人看到的圣上，是那些每天要上早朝的重臣们永远也无从知晓的。通判大人无比珍惜。英明的圣上也没有亏待他，左春坊右庶子岁俸一百六十两白银，但圣上每年给他的赏赐，倒比那些正一品大员所得要多。通判大人出身世家，并不会把金银当个什么，他甘愿放弃远大前程，是因为他知道圣上有一种孤独，是治国平天下的大臣，还有后宫的三千粉黛都无法慰藉的……通判大人和圣上都曾有过年轻的时光，出了国子监，年轻的通判大人如鱼归水，呼朋引伴，踏青游，醉扶归，更别说中秋月照花林，上元夜来阑珊……每一场热闹都是笙歌彻夜，灯火连宵，左粉白右黛绿，微醺里把多少香艳诗词歌赋做了。一个太平盛世里世家子弟的青春，怎么过都不能说是虚掷。而尊贵的圣上呢，却身陷在那寂寞的金瓦红墙之后。多少回，年轻的通判大人从陌生的红绡帐里醒来，想到那修长的着杏黄四爪蟒袍的孤寂身影，心里就会生出一种无法言说的怜惜。年轻时的通判大人也曾希望有不平凡的一生，幼而学，壮而行，上致君，下泽民……如今，通判大人蓄起了一把盈盈一握的美髯，偶尔独处时忆及这些，会有不易为人察觉的拈须一笑。通判大人后来明白，致君泽民是分忧，而进宫陪圣上把玩古籍秘本，也是一种分忧。当然，来湿热的上城，就更是分忧。

通判大人那挂着薄纱的凉轿在上城的街道上走过十多个来回后，上城的百姓恢复了往日的从容，他们忙于买进鬻出，不再拥挤在道边往大人的凉轿内张望。人群散开后的街道就像一条瘦下去的河，通判大人看到了袒露在街道两边的茶坊酒肆，米店肉铺，浆衣妇与苦力男，行脚僧与相术师，丝麻绢纱与珠宝香料，油盐酱茶与香烛纸马……着薄绸长衫的绅士倚着茶楼的栏杆，一边打量市井一边听卖唱的少女咿咿呀呀唱着小曲；采买的妇人忙着讨价还价，无暇去扶已歪倒散乱的发髻；赶马车的车夫手握长鞭，技艺高超地用鞭梢击打马背上的蚊蝇……通判大人来到公廨，与知州大人共签的文书堆在朱漆案头，大多是钱谷、户口、赋役之类，责罚分明的文书不声不响地从案头流过。衙役们无所事事，搂了油黑锃亮齐眉长的水火棍在阴凉的公堂下打着哈欠……而公堂外蝉鸣悠远，景象太平。

　　一日，通判大人到了公廨，与知州大人寒暄了一阵后，通判大人对知州大人说道："大人治下有方，去年的洪水，距上城百里的木城毁田千顷，人畜伤亡无数，上城三县，十九万八千人丁安好，在下佩服得紧啊。"知州大人手里托着一把小巧的金胎掐丝珐琅仙鹤纹鼻烟壶，笑了笑，起身走到窗边。知州大人看着窗外，两手抱拳冲头顶一侧举了举，道："圣上福泽庇佑，老天亦顾念上城百姓。"通判大人看着知州大人的背影，不由点头。共事一月有余，知州大人昼决公务，事不留庭，夜则宴饮，斗酒不醉……想来勤勉、强干，皆是百姓福音。通判大人素来不喜欢那些一本正经、假模假式的命官，他们总是戴着张正人君子的面具，从不显露一点真性情，就像通判府紫藤架下的那口老井，望之洞黑如墨，深不可测。通判大人签着文书，愉快地想，知州大人即便不是召父杜母再世，至少也是恪尽职守的，到时，按约上给圣上的密制匣里大约也只能书写"平安"二字了，若果真如此，岂不是国之幸民之幸哉！

"上城百姓知礼守节，是圣上最忠实的子民。"知州大人转过身来，指着通判大人的案头，道："诸如此类斗杀恶案，并不常有。"

通判大人顺着知州大人手指的方向，侧过头去一看，只见那堆文书边上搁着薄薄的一册案卷。通判大人拿过来，乃是一份上城辖下合县命案的审结文书。通判大人翻了翻，案情很简单，合县男刘流儿与罗友文因口角生嫌，刘流儿寻机怀揣尖刀，尾随罗友文到僻静处，将他乱刀捅死。县主判曰：审得凶恶刘流儿，泄愤行凶，俱皆招出，极刑大辟，处决秋时。

通判大人看审结日期，乃是自己抵达上城的同一天。过了一个多月，才送到州府……或许是在州府压了一个多月？通判大人心生疑惑。通判大人也曾熟读过几本前人的断狱佳作，《洗冤集录》《秘册汇苑》《折狱龟鉴》……知道狱事莫重于大辟、大辟莫重于初情、初情莫重于检验之理。通判大人于是翻开那案卷查看检尸格目。正凶刘流儿年甫十六，身高六尺二寸，罗友文四十有三，身高七尺五寸，两者年龄身高相差甚巨。但据验状所载，死者罗友文全身伤如披鳞，竟多达二十余处——看上去非一人所能为。通判大人沉吟了一会,把案卷放下,起身对知州大人道:"昨夜雨击屋瓦,声如飞瀑,一夜不曾安睡得,今儿竟觉头痛不支,下官先走一步,待来日再理。"

知州大人起身恭送。

通判大人出了公廨,上了凉轿,唤那面容娟好的年轻亲随近前来。通判大人问道:"你日日在茶楼酒肆进出,可知那合县有何出产?"

那亲随施了个礼,道:"回大人,合县多崇山峻岭,地多瘠薄,所产不丰,唯有水好,故出得好酒,名唤玉泉。"

"酒?!"通判大人摇着扇子,笑了。通判大人道:"极是,在知州大人家饮过几杯的,口感清洌,回味绵长,比得上宫用美酒。过几日是小夫人的生辰,明日你到账房去领取银两,去合县买几担上好玉泉酒回来。"

那亲随自是领命不提。

过了两日,通判大人再次到公廨,命人从狱中提出刘流儿复询。衙役们鹰拿燕雀般,将戴着长枷扭锁的刘流儿提到了堂前。通判大人一看,只见那刘流儿跛着一足,人格外瘦小,锁在枷板上的手和脑袋都是细细小小的，像是自小不曾吃过饱饭的样子。人往堂前一跪，只得小小一团，仿佛还没有枷锁重。通判大人曾在京城的大街上见过衣衫褴褛的乞儿，也曾在灾荒年月路遇羸弱不堪的饥寒流民，他们卑微如帝国的尘埃，通判大人何曾多看过他们一眼？而此刻，跪在大堂之下的这个小小贱民，却像一个令人畏惧的衡器，似乎就要道破帝国良心的秘密。

通判大人打量了刘流儿一阵后，问道："足有何疾？"

刘流儿答："回大人，生来跛足。"

通判大人又问："你如何杀了罗友文？"

刘流儿滔滔汩汩，从头到尾讲了一遍，所述竟与案卷所载分毫不差。通判大人又命他重述一遍，依然是不错一字。

通判大人笑曰："何其熟练也！"

通判大人摇着扇子，将那刘流儿好一番打量。通判大人又问："为何捅他这许多刀？"

刘流儿答曰："恨极。"

"罗友文乃一米商，与你有何嫌隙，竟恨他至此？"

"回大人，小人曾去他米店门首乞讨，罗友文为富不仁，不但不给小的粒米施舍，反驱使恶狗追咬，故此恨极。"

"你去过他的米店乞讨?"

"小的不敢诳大人。"

"那米店开在合县何处?"

刘流儿支支吾吾,竟不能答。

通判大人拍桌怒喝:"大胆刁民,竟敢欺瞒本官!那罗友文乃酒商,并非米商!"

刘流儿伏地不起,道:"小的一时记岔了,还望大人明鉴。"

通判大人叹道:"蝼蚁尚且贪生,你如何只一心求死? 认下这不相干的杀头之罪?"

刘流儿抬头看了通判大人一眼,垂首不语。

通判大人再三开导,刘流儿始垂泣称冤道:"大人真乃青天也,小的并不曾杀人。"

"既如此,又为何自认为凶犯?"

"大人,小的因自幼有足疾,从来不曾为父母分得半丝儿辛劳,倒费了双亲许多柴米。身体发肤,受之父母,本不敢轻贱至此,只是,君要臣死,臣不得不死,父要子亡,子焉得不亡? 这一番,也是欲遂父愿,舍却这身无用皮囊,报答高堂养育之恩。谁承想被大人识破,小的不敢欺瞒,只得如实招供。"

"你可知真凶为何人?"

"回大人，小的只是听从老父安排，却并不知所替何人。"

通判大人又细细盘问了一番，乃知在上城，顶凶案极多，富者杀人，倾一半身家给贫者，代之抵死。似刘流儿这般抵死者，人皆称之为白鸭。在上城，此风由来已久，先皇时盛极，后竟成一种习俗，流传至今。

通判大人吃惊不小，问道："你年纪尚轻，如何知道这许多？"

"回大人，小人虽年轻，又有足疾，但耳目尚聪明，亦有所见闻。以白鸭而富者，吾乡间即有二三家。有人子卖身为白鸭救父于病困者，族中感其孝，讳其实，为其请立三间四柱青石孝子牌坊一座。"

通判大人听闻了这些，只觉似在雪天被浇了凉水，人坐在肃穆的公堂之上，眼望着仪门外日影里的青墙乌梁、朱红廊柱，以及寥廓的麻石街道，半晌无语。

通判大人那面容姣好的亲随买得好酒回来，也将别的几样事情打听得真切。那刘流儿之父原是合县一个小小解典铺，为人极刻薄好利，专好做些便宜勾当，也曾算计巧取，积得些薄产。后因贪利解了几件赃物，卷入一桩人命官司，家产皆没入官府，由此败落而不可收拾，落得个走村串巷,卖些针头线脑、胭脂水粉勉强度日。刘流儿之父除刘流儿外,还有一子,比刘流儿年长两岁,四体健全,后卖与某大户家为奴。不日前,刘流儿之父突然时来运转,咸鱼翻身,不但为长子赎回自由身,更费了许多银两添房置产,购买田园,眨眼间家成业就。

马无夜草不肥,通判大人由此更加断定刘流儿不是枉供。

通判大人知会了知州大人,将刘流儿一案驳回合县更讯。以知州大人为首的合府同僚皆盛赞通判大人断狱如神,他们交口称赞通判大人,脸上的笑容却都像被微风吹皱的水面般意味深远。他们的目光一旦遇到通判大人的目光,立马就变成了一尾尾受惊的游鱼,忽地向水面下的幽深之处游去,很快真踪难觅。通判大人感到犹疑,但暗忖此案并非什么疑难杂症,不致引火烧身。因为要了结此案并不难,只需将那刘流儿之父拘捕到案,何怕那出金之人审不出来?

考虑到刘流儿之父最是奸头滑脑,为防他闻风躲避,通判大人暗地里出了个广捕文书,着落那亲随带了几个得力应捕赶赴合县见机行事。

通判大人思前想后,自认为毫无疏漏,于是放下心来,单等那合县捕得真凶,审得清白,一并将案情上呈。

孰料没过多日，却从合县传来苦主家属围聚县衙、喊冤申诉的传闻。离秋决之日不足两月，驳回更讯，真凶无着，致使苦主以为申冤无期，故而愤愤，日日在那县衙前击鼓鸣冤，围观者日众，喧哗一时。此时知州大人也以老母病重为由告急假返乡，合县县主的告急文书辗转送到通判府时，通判大人与爱妾正在后花园凉亭中饮酒赏花。盛夏时节，一池荷花开得正好。

通判大人那爱妾不但姿容出众，且才艺颇佳，诗词歌赋、击鞠弹棋等少年场中事，没有她不会的。更兼出身风月之地，最是见多识广、通晓世故。通判大人但凡出外游行，没有不带她同去的。上城湿热，比不得京城舒适随意，此番来上城，通判大人把父母妻小皆安顿在京中，只带了爱妾一人同行。

那爱妾见了告急文书，对通判大人低语道："因小案而引民哗，这可是要犯大忌的啊。"

通判大人端严肃穆地答曰："不公不义，才是大忌。"

通判大人的爱妾低了头，用一把绢扇半遮了面，笑了。圣上要的是忠心，人们的忠心才能使江山永固，而大人呢，却在这儿寻求公义。当然，通判大人的爱妾也知道，衣履洁净、浑身散发着淡淡木槿熏香的通判大人就像她身上这件玫瑰紫饰片金花纹的绸裙，离开繁华的京城之后，显得很有些不合时宜。上城贵妇爱着大红或月白的纱裙，在京城王公贵族的后宅中极为流行的玫瑰紫色被她们视为怪异。

于是通判大人的爱妾劝慰通判大人道："公义之说，总是有所参照。就白鸭而言，亦有公义之处。倾一半身家买白鸭，一人纵然富可敌国，亦不可一而再、再而三行杀人之不义事，而贫家亦可舍一人而富。白鸭所以通行日久，量是它不伤根本，所以人皆能容。老爷起先看上城，不也觉得物盛民安、词清讼简、甚是太平吗？"

好一个不伤根本、人皆能容！通判大人无言以对，沉吟良久，把一杯美酒一仰而尽。通判大人手里把玩着空空的酒杯，无比失落地对爱妾道："合县美酒，今之价胜往年十倍，可见去年的水灾，上城八成是十田九毁啊。"通判大人想起了圣上所赠的秘制匣，倘若一年期满之后，他不能把一个真实的上城装进秘制匣里奉献给圣上，今后他又有何面目去面圣？通判大人心里也十分疑惑，此一案，为何会久决不下，以致苦主不满、哗众喊冤呢？

通判大人命人传那送告急文书的亲随进来，问道："合县县主可有拘捕刘流儿之父过堂？"

"回大人，刘流儿之父早早就给拘在牢子里了，不承想那厮却是个老橛子，认打不认罪。头一回过堂，皮开肉绽也不承认受金顶罪，后挨不过板子，当堂就瞅了个机会，触柱而亡了。"

通判大人愣住了。血溅公堂，不可谓不惨烈！这一着实在是出乎意料，一时间通判大人委实有些不知所措。

沉吟间，只听那亲随又道："刘流儿之父死后，刘流儿之兄日日披麻戴孝，领刘氏族人来狱中责骂刘流儿，'尔乃翻供，害死老父，即便出狱，必处尔死'。如此恫吓，再加上那刘流儿也经不住三拶两夹的，还是照前番供述，一味只承认泄愤杀人。县主一时为难，遂拖延不决，以致民哗。"

刘流儿之父死了，真凶显然一时难以查寻，坚持查下去，弄不好落个枉纵凶犯、带累良民的口实，这传出去，何人担当得起呢？通判大人挥退众人，闷闷不乐地喝起酒来。

通判大人的爱妾起身走到通判大人身边，道："老爷，您看那一池莲花如何？"

通判大人且去看那一池莲花。但见一池晴翠间，莲花亭亭，似千娇照水，只恨没得言词可比。通判大人在京城也曾赏过荷花，和上城的比起来，京中的荷花无论是颜色、香气、模样，还是风致，哪样儿都要稍减几分。

单拿那荷叶来说吧，上城的荷叶格外肥硕壮大，恣意忘形，充满妖娆的野性之美，颜色也更浓绿，眼看着就要淌出来一般。相比之下，就显得京中之荷清新简素，克制有度。

通判大人拈起长须，沉吟良久，对曰："自然也是好的。"

此时日隐西山，茫茫暮色中，成群的蜻蜓在那一池荷花上翻飞，预示着一场大雨即将来临。通判大人蓦然间明了，正是上城这样炎热而多雨的天气，孕育了恣意蔓生、无从收拾的植物，它们飞扬跋扈地生长着，有着令人畏惧的生命力。

通判大人的爱妾摇扇低语道："瞧，这长势好的荷田却不见半星儿杂草，老爷可知为何？"

"为何？"

通判大人的爱妾拉着通判大人走到荷塘边。爱妾微微俯身，一手托着衣袖，一手用扇子轻轻拨开荷叶来，但见重重翠盖下，蛛网叠叠，虫子蠢蠢，浮萍纤草丛生，另有一番天地。

"再美的荷塘也有杂草，随这些杂草怎生妄为，只要不高过莲荷去，不碍观瞻，就由它们去，自古荷塘皆如此。"爱妾看着通判大人，意味深长地道，"眼不见为净，岂不好？"

通判大人半晌无语。末了通判大人只得提笔在合县县主的告急文书上批道：

秉公执断

清明风气

但立直标

终无曲影

通判大人知道，这四句话批在告急文书上，很有些不伦不类，看上去倒像是对自己先前将案件驳回更讯的辩解。不过，此种情形下，除了这几句，通判大人一时还真没有更合适的话语好说呢。

合县县主更讯的案卷送到州府时，通判大人终耐不住酷暑病倒了。恰逢知州大人完假回府，看那案卷，只觉此番负责文案的书吏甚是老练，口供、案卷都做得滴水不漏，无懈可击。提讯刘流儿，所供与案卷严丝合缝，于是照县衙审定的案情定案上呈，并择期将刘流儿发回合县收监，待秋后斩决不提。

通判大人的病情一直没有好转。

气候不宜，水土不服，再加上思乡情切，使通判大人清减了不少。已有很久没有去公廨履行职责的通判大人，偶尔在爱妾的陪同下到竹影婆娑的书房去，提笔在手，半晌却不着一字，往往以一声长叹收场。通判大人的爱妾亲自打理大人的日常饮食，可惜玉泉美酒不解愁，琼浆玉液难入喉，眼见着通判大人形容消减下去。通判大人的爱妾心急如焚，便使那面容娟好的得力亲随四处搜罗奇异珍玩，以增通判大人之精神，可无论那亲随弄来什么，通判大人皆兴致寥寥。

一日，那亲随进献了本古书，却使通判大人两眼一亮。

此书系保存完好的古抄本，纸张异常精美，乃是市面上早已绝迹的构皮花纸，柔润密实的白底上隐隐凸显出花鸟造型，甚是华美。纵使时光久远，纸张的颜色已变得黯淡无光，但细腻滑润的手感依旧。书中文字，乃是一种古文，极像古汉字篆文，且墨色沉润，有异香。通判大人仔细辨认，疑为是失传已久的《九丘》，于是喜不自禁，唤那亲随进来细问。那亲随羞红了面皮，半晌方道："此书乃是一土司之子所赠。"原来那亲随带应捕去合县督办刘流儿一案时，在合县县主的家宴上与一苗疆土司之子相遇，土司之子年仅弱冠，生得面如美玉，两人一见如故、彼此倾慕，厮混多日，临别时土司之子以此书相赠。

通判大人问道:"可知此书有什么来历?"

那亲随垂手答道:"不知详情,只听得说是什么楚左史倚相家世代传下来的古书,后被土司购得,但合族皆识不得书中文字,只因书纸味道好闻,公子才将它放入书箧中随身携带。"

通判大人大喜,断定是《九丘》无疑,病立时去了九分。所谓《九丘》,即九州之志,言九州土地所出,莫不属至高无上的天子所有,民情风物,莫不顺天承运而生。浩如烟海的史书中有过一次关于此书的记载,即古楚国的左使倚相读过此书。后此书失传,再无人提及。倚相祖籍地靠近苗疆,想来是民间递传,才终不致此书湮灭。通判大人手捧宝书,几欲泪下,忆起圣上也曾多番提起此书,常恨此生不能一见。此番却在上城这样的僻远之地出现,真可算得上是国之祥瑞。上城臣民对圣上的忠心,唯有此书可表!通判大人重赏了那名亲随。

秋决之日很快来临。

刘流儿头颅落地的那一天,通判大人命那面容娟好的年轻亲随带着装有宝书的秘制匣出城进京。此时黄叶委地,天气新凉,想来京中必是白霜铺地,通判大人开始思念红泥炉火暖西窗的京城。他想圣上开了秘制匣,必定会龙颜大悦,疑虑尽消。召他回京,也是一定的了。

通判大人登上高楼，目送那亲随上马绝尘而去。他看着那亲随越来越模糊的背影，开始屈指掐算自己回京的行程……从上城到京中，三千四百里路程，越三山，经四水，过五湖，着实不易。不过，天下太平，料想应是一路无虞。

下

他把车停下来，为自己点了支烟。

他一边抽烟，一边打量河对岸的上镇。上镇还是老样子，灰扑扑的屋瓦上空，是雾蒙蒙的天。

抽完一支烟后，他伸手拍了拍他的妻。他的妻双眉微皱，整个身子蜷缩在座椅靠背与车体相接的地方，看上去似乎睡得很香。

他与妻是在五年前的一次旅途中认识的。

那时他的日子刚刚好起来。他自由了，也平生第一次手上有了点钱。有了点钱以后，他想干一件以前没有干过的事——旅行。如果有人了解他这些年来的生活，一定会理解他的——他在一个异常狭小的房间内待了整整十年，那间房子整日里散发着腥臊的味道，窗户上装有拇指粗的铁条。好在并没有什么人了解他的过去,他的身边没有朋友,也没有亲人。

到哪里去旅行呢?他想起了他的学生时代。对校园生活他并无什么印象,不过初中地理课本上那张关于黄果树瀑布的照片却令他难忘。"黄果树瀑布:中国最大的瀑布。"——照片旁边有这么一行小字。他还没有上到有关瀑布的那一课就退了学。有了点钱的他决定去看一看这个中国最大的瀑布。事实证明这趟旅行对他来说真是很值得的——尽管他最终并没有看到什么瀑布。在去黄果树瀑布的途中,他就听说由于干旱,瀑布已变得非常细小。但他还是坚持过去看一看,已经走了一半的路程了,他觉得还是过去看一看的好。进了景区,走几步就能看到一块插在路旁草地上的小木牌,上面写着:"因本地区干旱特别严重,景区严重缺水,大瀑布等景区水量较小,若给您带来景观方面的不满意,敬请谅解为谢。"——果然是这样,他有些失望,也很有些不满。瀑布变小了,可进景区的票价一分钱也没有少。他不满,可他也不打算跟他们理论。现在的他不比从前,从前他就像个火药桶,一点就着的。

他在一块围有汉白玉栏杆的空地上徘徊,犹豫着要不要跟着拥挤的人群顺着同样围有汉白玉栏杆的石阶走到谷底，好去看看这个中国最大、也可能因干旱已变成最小的瀑布。空地的四周是修剪得格外平整的金叶女贞，与栏杆一般高，不至于遮挡游人的视线。他把手搭在汉白玉栏杆上，眺望远山。如果没有干旱的话，他应该能听到从谷底传来的瀑布的轰鸣。妻也是一个人出来旅行的。就像一条狗发现另一条狗，一头狼发现另一头狼，他从众多的游人中一眼就发现了她。她跟随着新一拨的游客来到这个空地上，一只双肩包松松地挂在一侧肩头，她的脚步迟疑，越来越慢。她离开人群，慢慢走到栏杆边。她把手搭在汉白玉栏杆上，眺望远山。

他认定他们是同一类人，她的身上有着他熟悉的气味，长期的孤独生活所滋生的抑郁而冷漠的气味，这气味犹如一层隐形硬壳，将她与周围的一切分隔开来。他走过去，邀请她一起去看另外的一个瀑布。

"那里还没有旅游开发，距这儿五十里，天气预报说昨天那里下过一场大雨。"他机智地给这个籍籍无名的瀑布取名"红果树"。

与以往任何一次经验都不同的是，妻并没有对他右脸上那条像锯子锯出来似的伤疤和残存的半个右耳表现出惊讶或是嫌恶，她的目光平静如水，这让他备感轻松。他们看过红果树瀑布后，继续往西走，在结伴看了大大

白 鸭

小小十几个瀑布后，他们决定在一起生活。在异乡一个尘土初歇的黄昏，他们携手走进了路旁的一家小酒馆。在那个肮脏破败的小酒馆里，挤满了操着各种方言的讨生活的人。他们很慷慨地请那些衣衫褴褛、神情疲惫的陌生食客喝酒，一种当地的带酸味的啤酒。那些素不相识的人脸上带着拘谨而谦卑的笑，举起手中的啤酒对他们说："祝福这对新人！"他非常开心，这辈子似乎都没有这样开心过，因为他非常喜欢"新人"这个词。他决定做一个新人。那个晚上他用自己的身份证在一家小旅馆登记了个房间，度过了自己的洞房花烛夜。

后来，他买了辆二手捷达，开着它，带着妻去看各处的瀑布。水欢快的流淌，突然的跌落，粉身碎骨，然后又是欢快的流淌……瀑布经历的一切令他们着迷。他们看过许多的瀑布，形形色色的瀑布，有的瀑布很大，有的很小，有的很美，有的很普通，有的只是细细的一股流水，顺着岩壁缓缓而下，根本就不能算是瀑布。他们去过那么多的地方，却从未想过要在某处停下来，在路上的日子对他们来说相对容易，似乎正是那些他们不停奔走的道路延长着他们的生命旅程。也正是在旅行中，他们彼此逐渐多了些了解。他知道妻在东部某个城市有套不大的房子，是她的母亲留给她的，学区房。她靠房租生活。他告诉妻,自己贩卖过虫草和藏羚羊皮,手上有点小钱,暂时衣食无忧。在一起后没多久,他就发现妻很容易受惊。有一次,他和妻到北方的一座边远小城看冰瀑,他们在一家小旅馆住下后,他忙着整理行李,妻捧着一杯热茶,站在小旅馆的窗边看外面飘飘洒洒的雪花。他突然打了个喷嚏,声音并不怎么大,只是一个还算正常的喷嚏而已,可是妻惊得连水杯都掉到了地上。他到现在还记得妻张着空空的两手,满眼惊恐地扭头看他时的情景,虽然只是短短的几秒钟,可是让他难以忘怀。那一次后,他慢慢发现妻也经常会从梦中惊醒,比如在寂静的深夜,只要从马路上遥遥传来汽车的急刹车声,或是别的什么稍微异样点的声响,不管睡得多么沉,妻都会一个激灵,惊慌地从枕上抬起脑袋,片刻之后,妻似乎明白了自己处境安全,脑袋重又重重落下,再次进入睡眠。他不知道她为何会这样,她经历过什么?他和她都不是能言善道的人,在共同生活的这段时间里,彼此都把从前不提,个中原因他也无从知晓。他只是会在夜里把妻搂得更紧。

他的手一触到妻的肩头,妻蓦地张开双眼,全身都抖了一下。他看得真切。他用手掌继续轻拍妻的肩膀安抚她。

"到了。"他说。

妻带着一丝惊恐的弥散的眼神慢慢汇聚成一线,最终安静地落在他的脸上。妻的身子松弛下来,她轻轻地叹了一口气,伸出一只手,握住了他停留在她肩头的那只手。妻用一根手指摩挲着他手背上的一道疤痕,对他笑了笑,把头伸到车窗外去。

"就是这里呀。"过了很久,妻说道。

他附和妻子道:"就是这里……"

此刻在他们面前的,是一条瘦瘦的河。出了这个地方,应该很少有人知道它,是那么小的一条河……细细的一抹流水,在村庄和肥沃的稻田里默默穿行。唉,这条河,只合在心里想一想,提起来也不大会有人知道的吧。可不提归不提,人到了外面,心里还是会想着这条河的。不管离开多久,他对这条河都不会感到陌生。不管何时何地,只要他愿意,闭上眼,就能真切地看到它流淌的样子……河底长满柔软的水草,大部分时候,河水清澈,河面看上去像墨玉一样滑润。当然,一年中也有那么几天,雷声轰隆、河水暴涨,这条小小的河会变得混浊、凶险,它面目狰狞地,像一条吞咽过度的巨蟒,在稻田中无声地扭动着向前……暴雨过后,小镇上的孩子们常常赤了脚，把裤管卷到大腿根下，踢踏着河岸上的积水，去察看河水从上游一路挟裹而来的东西，除了枯枝败叶，偶尔会有一只淹死的小猪，或是小羊。它们在河水中忽隐忽现、翻滚不停，宛若再生。而那些碗口粗的木材，则会引起成年男人们的争抢。孩子们站在河岸上，看他们驾着小船在波涛中飘来荡去，并将一根一端绑着镰刀的竹竿伸到水中去钩捞他们想要的东西。他们裸露在外的大腿和胳膊都粗壮有力，爬满了令人敬畏的蚯蚓一样的青筋……这些场景，是他无论如何也无法忘记的。有一年，也是一个这样的暴雨过后的阴霾天气，他去河边，为了救一只顺水漂来的小狗，他差点淹死在这河里。后来……后来他长大了，却并没有因此得到什么便利……所以他一直是那样活着，只是那样活着，什么也不想，一天过完算一天，连梦也懒得做一个。再后来，他到了那样一个境地，却偶尔会在夜里做个梦。他竟然做过几个彩色的梦。梦到的景致，都与这条河有关：春天里被野草染绿的河岸；夏天，河边草丛中那些挤挤挨挨、漫生一片的鱼腥草和紫苏；秋天是另外一幅景象，枯萎的杂草一点点矮下去，金黄的野菊满河岸蓬勃地开起来……他这样的一个人，这样色彩缤纷的梦，说出来，又有谁会信呢？那扇高高的装着铁条的窗户向西，夏日的凌晨四点左右，被铁条分割成一块块的月光会挪到他的铺位上。有许多回，他在梦中睁开眼，以为自己躺在银亮亮的水里，他心花怒放，屏住呼吸，把四肢都打开，想让自己在这水里漂起来，就像从前他在这河里常干的那样，让自己舒舒服服地漂起来……当然最终他并没有让自己漂起来，挫败感让他彻底清醒过来后，他明白自己并不在水里。明白过来后，他常常会因此变得有些忧伤。

妻打开车门，向河边走去。

这是五月的傍晚，天气和暖宜人，小河两岸，满目葱绿，有风吹过，能闻到空气中浓浓的野花香。河对岸的小镇，远远望去非常安静，小镇上方的天空中，飘荡着一层薄薄的灰色雾霭。他不用费神细想就能知道，在这若有若无的雾霭下，是小镇人热气腾腾的生活，街上喧闹异常，人来车往，鸡鸣狗吠……

他看着妻的背影，小女孩一样单薄而落寞的背影。

"五岁的时候，父亲去世了。十六岁的时候，妈妈和继父吵架……"她略微迟疑地说，"妈妈杀死了他。后来妈妈因心脏病突发死于狱中。"有一次他问及妻的家人，妻这样告诉他。简短的几句话，就交代完了前半生。果然她如他一样,在这世上没有亲人。他不由对她生出了一丝怜惜。

他还记得一个深秋的夜晚,他和妻宿在距壶口瀑布不远的一家小镇旅馆里,那晚他到夜深也没有睡着。白天,一路上他都在看黄河两岸岩壁上层层叠叠的被流水冲刷出的痕迹,是黄河曾经在山腰流淌,后来才跌入深深的谷底,还是两岸的山在不停生长,从而使河水深陷?他不明白,也不想弄明白。只是那些层层叠叠、深浅不一的流水的痕迹让他一下看到了一条河的前世今生,他不由感慨万千。晚上,他躺在小旅馆硬邦邦的床上,妻在身边发出均匀而柔和的呼吸声,他看着窗外洒进来的月光,想到了自己……小时候还是很开心的,所以,如果他也有这条河一样的人生轨迹,那么最上面那层应该叫快乐,接下来,也还算平常,再接下来……他这样想着,很晚都没有睡着。后来,寂静的夜里突然传来了一声凄厉的鸟鸣,妻一个激灵,"噌"一下抬起头来,一只胳膊支在床上,似乎在侧耳聆听着什么,片刻之后,妻叹了一口气,脑袋重重落回到枕上,重新进入了梦乡。那一刻,他静静躺着,借着朦朦月色,静静看着他的妻。他突然想起来,在妻极为简短的关于她前半生的叙述里,竟没有一句是关于妻自己的,也许她刻意省略掉的,就是她为什么会在深夜惊醒的原因?

"你胆子不小啊。"有一次他喝多了点酒,指了指自己脸上的伤疤,调侃他的妻,"头一回见面,就敢跟这样一个人去看红果树瀑布——哪里有什么红果树瀑布嘛!"他得意地笑。

他的妻也笑了下。她垂下眼帘,低声道:"我这样的人……有什么好怕的。"他没有追问她所说的"我这样的人",到底是什么样的人。

"虫草知道吗? 不知道啊,没关系,以后会知道的。藏羚羊皮也没有见过? 哈,真应该留一张给你。这些东西很值钱,我以前贩过虫草,也偷偷贩过藏羚羊皮,唉,现在呢,一是做的人多了,二是国家管得紧,不好做咯。"他曾这样跟妻讲他以前的生活。他喝了酒以后会变得话多。他喷着酒气,打着哈哈,很开心的样子。他不是成心要欺骗她,在狱中的十年,他常常把自己想象成一个行商,走南闯北地,有很不寻常的人生。

"你也过来吧!"

妻站在一棵柳树下叫他。

他踌躇良久,终究还是推开车门走了出去。路边有一堆新鲜的牛粪,长满盘根草的河岸踩上去异常柔软。

他把两手都插在屁股后的裤兜里,慢腾腾走到妻的身边去。对面的河岸上开着一大丛野蔷薇,有许多开着粉色和白色花朵的枝条垂到水面上,在水中留下了油画般朦胧而富有质感的美丽倒影。对岸的小镇还是黯败的灰色,一如多年前那样。

他伸手折了根柳条,放在手心熟练地揉搓起来,很快做成了一支短短的柳笛。他很小的时候就深谙此道。一镇的孩子,只有他能用柳笛吹出悦耳且富于变化的曲调。他曾因此很为自己感到自豪。

"你在这里住过多久?"妻问道。

他把柳笛咬到嘴里,慢慢品味那股子细细的青涩味道。

"——好像不短呢。"他说。

妻淡淡地"哦"了一声。

他本来无意要经过这里。两天前,他们开车从鄂东的一个小山城过来,一路往南开,看到路上的指示牌:距津市还有20里。他这才发现他们已来到了距上镇很近的地方。他看到"距津市还有20里"的指示路牌时,不由自主地踩了一下刹车,妻在一阵剧烈的摇晃中醒来,有些惊慌地问"怎么了"。他告诉她,他看到了一个熟悉的地名,这附近好像也有个瀑布。他没有告诉妻,他们实际上已来到了他家乡的地界上。

"这附近有个小镇,我很熟……"当时他这样对妻说。

那晚他们在津市住了下来。他带着妻满大街找一种叫五十锦的卤菜。记忆中这卤菜主要以猪、牛、羊的杂碎为主料做成,是醇香四溢、油光滑亮、清脆可口的。吃的时候拌以辣椒、豆蔻、肉桂、茴香、葱、姜、蒜及麻油,实在是一种很难用语言描绘的美味——记忆中是这样。但他和妻把整个小城都走遍了,也没有看见卖五十锦的,问到的人,也是一脸茫然的样子。一时间他很有些疑惑,怀疑自己是不是跑错了地方,是不是真的来到了津市。后来他到底还是在一个叫"汇利斋"的小熟食店里买了一份卤羊杂,并没有什么特别的,只是咸得惊人。就这样,偏还是惦记着一本万利,叫个汇利斋!他吃着吃着不免冷笑。

五十锦,觅无可觅的五十锦!

他嘴里咬着柳笛,四肢伸开躺倒在草地上去。暮色渐浓,天空中的云彩半明半暗,不时有蝙蝠和白鹤从头顶无声划过。

记忆是个很奇怪的东西。车往津市开的时候,他无端想起了他十二岁那年的一个傍晚。他以前很少会想到这个傍晚……天很快就要黑了，他坐在厨房那油腻腻的松木饭桌边，等着姆妈开饭。父亲回来了。那时候他们家住的是一套里外三间的房子，临街的那间最大，拿来开了个文具铺。他的父亲是个老师，在远离小镇的乡村小学里教语文、数学还有政治。那所小学包括父亲在内，只有两位老师。他去过父亲任教的小学，那所小学比镇上的小学要破旧得多，所有的学生，无论男女，一律都赤着脚。一间草房子就是教室，教室带着个偏厦，父亲和另外一个年长的男老师就住在那间偏厦里。学校没有电铃，半截破犁头挂在那间草房前的桃树上，由父亲和那位男老师轮流敲响它，提醒对方下课或者是上课。那个傍晚，十二岁那年的一个傍晚，他坐在饭桌边等着开饭，忽然看见父亲佝偻着腰身，跨过了家门口那块很高的栗木门槛。父亲穿过长长的昏暗的走廊向他走来，手里用荷叶托着一个很大的油纸包。父亲走到饭桌边，把这个大纸包搁到了他面前的桌子上。父亲微微弯下腰来，仔细而又郑重地一层一层打开那个油纸包。昏暗的灯光下，父亲的十指显得又白又长。

"——吃吧。"父亲把那个油纸包打开后，温和地对他说。

油纸包里是五十锦的卤菜,光看色泽就知道。那个时候小河上每天都有不少拖沙的小船跑津市,上镇的人偶尔会搭个顺风船去津市。人两手抱膝,就坐在一堆黄沙上面,小船吃水很深,从岸上看过去,人比水面高出不了多少,似乎随便一个浪涌过来,就会连人带沙给打到河里去。可是无人因此而担心什么,隔不了几天,就会有人照这样跑一趟津市,批发斑马牌蚊香和塑料雨披之类的东西回来。手头宽裕的人,自然也会买上或大或小的一包五十锦。回来的路上,人随着空空的小船吱吱呀呀地摇,不知不觉地,卤菜里的油就把纸浸得很透。临下船,得弯腰摘一片荷叶,或掐上几叶芦苇,像托着包点心一样把五十锦托在掌心里,穿街过巷地往家里走去,凡路过的街道都香气四溢的……不过,他们这样的人家,父亲只是个穷教书匠——父亲的工资不完全是钱,有时候会是鸡蛋、大米,有时候是一袋红薯,有时候是一袋玉米——母亲守着个生意清淡的小杂货铺,日子一直都紧巴巴的,一年四季是难得吃上几回五十锦的。所以,那个晚上,当父亲把那个油纸包打开后,他简直有些不敢相信自己的眼睛。他刷地挺直了小身子,两手紧紧地扣住桌子边,两眼大瞪着,大气也不敢出一下。那诱人的香气令他非常兴奋,面对着这一大包意外的美食,他有些不明所以地紧张地看着父亲,那个有些佝偻,且寡言少语、瘦弱苍白的男人。父亲脸上露出一丝微笑,往后退了几步,一直退到灯光外的阴暗里。父亲一只手按在胸口上,抬起另一只手往桌上指了指,再次温和地对他说:"吃吧,快吃吧,孩子——"

"孩子——"

如果他没有记错的话,这应该是父亲生前对他最为亲昵的称呼。在他的印象中,父亲从不打骂他,可是也不怎么亲近他。父亲很少在家,即使在,也总是很忙,埋头备课,埋头批改他的学生们那些潦草敷衍的作业,而话却是少得可怜。现在他躺在草地上,望着头顶上方越来越暗的天空,想到他的父亲,不禁有些酸楚。现在想来,那一次,父亲应该是在跟他告别。没过几天,五十锦的香气还停留在舌尖,父亲就投河自尽了。人们花了两天时间才将他打捞上来,原本瘦削的父亲就像个被泡坏了的馒头,胖大得完全走了样。他还记得当时看到以一种奇怪的姿势一动不动躺在长满盘根草的河岸上的父亲后,他惊讶、难过得都忘了哭。那时他就明白,死亡对死者来说,不过是一瞬间的事,而对活着的人来说,却是如此不堪、令人心碎。

父亲的死,也让他头一次知道了钱的重要。

"倘若家里有两万块钱,倘若有,他又怎会寻短见啊……"母亲曾多次这样伤心哭诉。原来只是两万块钱的事。父亲得的是肺癌。

所以,后来,开狗肉馆的恩伯找到他的时候,他没有想太久就答应了。

"一年六万,十年六十万,我问过律师了,这种事情,最多也就判十年。"恩伯说。

他蹲在恩伯面前,用根树枝在地上划来划去。母亲死后,逢年过节,他都是在恩伯家过的。恩伯的儿子小豪比他大两岁,他们从小玩到大,就像兄弟一样。那晚小豪在黑漆漆的电影院为争座位捅伤人,他也有责任,如果那晚带刀的是他,而不是小豪,那捅人的也一定会是他而不是小豪。是小豪,还是他,有什么分别呢?再说了,他到哪里能一年赚它个六万?六万呢!够他那可怜的父亲死三回,六十万就是三十回……那时候他二十五岁了,还从未有过什么正经工作,也从未有过什么正经女友。母亲死后,把那个杂货铺留给了他——他还那么年轻,一辈子守着个没什么生意的杂货铺又能有什么出息?

恩伯说:"要不是小豪他已经结婚,媳妇又大着肚子,我是不会跟你开这个口的,小豪要是进去了,这个家，只怕也就散了。你知道的，你就像我自己的孩子一样……"说到后来，恩伯的声音变得颤颤的。

"我知道，恩伯。"他抬起头看着恩伯，飞快地说道，"这样吧，我不要六十万，给我五十万就行了。五十万，我不要钱，要黄金，买值五十万的黄金给我吧。"他知道恩伯的狗肉馆也就值个五十来万的，他不想恩伯倾家荡产还要负债累累。这是他这辈子到目前为止做过的最大的一笔生意。

后来，他每每想起这件事就会有些得意，十年后，五十万的黄金的价值翻了好几番，而钱呢，却贬值了好几倍。他认为自己是很有些做生意的潜质的。后来他也凑巧在报纸上看到篇文章，说虫草还有藏羚羊毛贵比黄金，所以他也从不认为说自己曾是个贩卖虫草和藏羚羊皮的商人是在欺骗妻。

"这小镇上的煎饺非常好吃……"他坐起来，指了指河对岸的小镇。

他入狱后，恩伯年年都会去看他。恩伯最后一次看他，是他入狱后的第三年，那时他已完全适应了狱中的生活，觉得日子也还过得下去。恩伯老眼含泪，隔着一张铁栏杆，伸出一双抖抖索索的手去触摸他脸上新添的伤疤。

他把头一偏,躲开恩伯的手,道:"恩伯,算不得么子,耍狠嘛,谁不会!大不了一命换一命。"是的,他的脸上落了道疤,半个耳朵不见了,可是他也突然不再像从前那样害怕了。想想看,最糟糕的事不过就是被人将头踩在便池的水泥棱角上碾,有什么好害怕的嘛。"流儿……"恩伯喊着他的乳名,"……对不住啊!"他垂下头,一句话也没有说。恩伯满身油烟味,一脸苦相,咳咳喘喘的,又老又穷,似被人洗劫了一般。他都不忍心看他。恩伯就在那一年过了世,再也没有什么人来看过他。

"是吗?有好吃的煎饺啊……"妻喃喃回应道。

"是的,有条小巷子,家家做煎饺。"

那年恩伯卖了他的生意红火的狗肉馆,也在那条小巷里开了家本小利薄的煎饺店。现在他有些想知道,小豪,是不是还在经营那家煎饺店,他,过得好吗?

他的妻看了看那个小镇。

他们在天黑以后进入小镇。

他把车停在进小镇的公路边,带着妻朝小镇走去。过了那么多年,小镇还是老样子,不过就是将那几条石板路，换成了清一色的水泥路。街道照样拥挤不堪，水果摊、杂货摊一直摆到马路上。人们也还是老样子，只需把家门口的垃圾往马路上扫一扫，就可以心安理得地坐在门前的小竹椅上吃饭聊天。空气中满是尘土的腥气，一如多年前那样。他在经过他家以前的房子时，放慢了脚步，屋子里没有开灯，黑漆漆的，一个小男孩在门口玩耍。许是刚吃过晚饭的缘故，男孩的小肚子圆鼓鼓的，裤子掉到了大腿根，看上去可爱极了。他一时有些难过……他原本也可以有这样大的一个儿子的。

他没费什么劲就找到了恩伯那家煎饺店，原来就叫"恩伯煎饺"。以前恩伯开的狗肉馆，叫"恩伯狗肉"。恩伯死了，牌子却还在。一溜儿小房子，在窄窄的小巷两边排开，"恩伯煎饺"占了其中的一间。屋内摆了四张桌子，一个简陋的柜台。一块肮脏的油布从屋檐下扯出来，下面也摆着几张桌椅，几个男人围坐在一张三条腿的圆桌边喝啤酒。他仔细看了看，居然一个认识的人都没有。油布下靠墙的一侧挂着个灯泡，发了胖的小豪就站在那盏发着黄光的灯泡下煎饺子，滋滋直冒的热气与油烟翻腾着，不时地遮住他的面容。

这一巷子的小店都是煎饺店，不用看他也知道。格局也都和"恩伯煎饺"差不多，甚至是小店屋檐下的油布，油布下的桌椅，还有那些来吃煎饺的客人，也都差不多，没有什么特别的。

　　他和妻坐在最外面的那张桌子边，他面对小豪坐着。隔着那几个喧闹的食客，他打量了下小豪。光是胖了些。那几个食客似乎和小豪很熟，他们打趣小豪，开着令人脸红的玩笑。小豪把一条毛巾搭在肩上，一手握锅铲，一手握着双奇长的筷子，一刻不停地在一只硕大的双耳平底锅里忙活，他笑着，回应着那几个食客，无暇顾及他人。小豪的女人坐在炉子前包饺子，这时站起来热情地招呼他和妻，手里却依然忙个不停。小豪的女人扯着嗓子冲屋内喊了声"大妹"，一个面无表情、身材丰满的女孩从屋里走出来，端了两杯发黄的茶水朝他和他的妻走来。女孩从那几个食客身边经过时，他看见有个矮个子的黑瘦男人伸手在女孩的大腿上捏了一把，女孩哎哟一声叫了起来，那几个人嘿嘿地笑了。小豪和小豪的女人各忙各的，像是没有看到，也没有听到一样。

　　"不要脸！"妻低声骂道。

　　女孩走到他们桌边，他这才看清了她脸上尚未消退的稚气。她大约也就十三四岁，却已发育得很好了，胸脯鼓鼓的。这个季节的夜晚还带着些凉意，而她却穿着条满是油污的棉布裙子，光着两节白而圆的小腿。当年小豪妻子怀上的那个孩子，若长大也就在这个年纪。可是他知道她不是。他入狱后的头一年，恩伯去看他，告诉他那个孩子没了。算命的说，小豪命硬，和自己的孩子间，得隔一个外人。恩伯说小豪夫妻俩打算先去乡下抱一个回来。这个女孩大约就是恩伯说的"外人"，他想。他还记得当时听说那个孩子没了后，他很有些不安，仿佛没道理再占恩伯的便宜。他搓着手，隔着一道铁栅栏低声对恩伯说："这样啊……生意还做吗？也可以不做的。"当时恩伯笑了笑，看了站在门口的警察一眼，老练地答道："不做怎么行？只是欺骗政府的生意是万万不能做的，政府知道了，那是要人财两空的。人财两空！"

　　他给自己要了份鲜肉馅的煎饺，给妻要了份白菜虾仁的，最后他又要了瓶啤酒。那个叫大妹的女孩把煎好的饺子给他们端上来时，妻突然抓住她的一只手，压低了声音一字一句地对她说："谁再欺负你，你就拿把刀，杀了他！"女孩愣愣地看着他的妻，好像不明白她在说什么的样子。这时又来了两桌客人，女孩把手抽出来，走过去招呼他们。小豪一直站在那盏发黄的灯泡下忙碌，其间他伸长了脖子问他和妻："朋友，饺子的味道怎样？"他的妻没有吭声，她低着头大口吃饺子，大口喝啤酒，看上去像是和谁赌气一样。他抬起头看着小豪，大声回了句"很好吃"。小豪同样没有认出他。但他的普通话引起了那桌食客的注意，他们不约而同地扭头看过来，看看他，又看看他的妻，有那么一会，他们谁都没有说话，后来他们中的某个人咳嗽了几下，于是他们回过头去接着喝酒，接着开粗俗的玩笑。他猜想他们应该是附近一家煤矿的工人，看上去比他和小豪都要年轻。以前他也认识不少煤矿工人，他们拿到了薪水，头一件事就是要跑到镇上来胡闹的，似乎拿命赚来的钱，就得这样玩命地花掉。十多年过去了，那些他认识的人都不知道去了哪里。

那个叫大妹的女孩忙着给客人上煎饺、拿啤酒。坐在圆桌边的那几个男人不停地支使女孩，一会要碟花生米，一会要她过去倒啤酒，一会又是要茶水。每次都有人趁机在这女孩身上摸摸掐掐。后来那个矮个子的黑瘦男人借着酒劲一把把女孩搂过去，一只手飞快地在女孩的裙子里捞了一把。他把那只手拿出来后放到鼻尖上闻了闻，涎着脸对女孩说："大妹，好个大妹！"

女孩好像早已习惯了这一切，一声不吭地挣脱出来，一声不吭地接着做自己的事情。小豪和小豪的女人埋头各忙各的。

他的妻把他面前的那瓶啤酒抓过去，头一仰，咕嘟咕嘟就往嘴里灌起来。他赶紧起身,把酒瓶从妻的手里夺了下来。他从未见妻这样,不免有些紧张。那几个客人也安静下来,看着他和他的妻。

妻满脸涨得通红,大声骂道:"不要脸!"

周围的人都看了过来。坐在隔壁煎饺店门口的客人,也扭头看了过来。他的妻谁也不看,站起来接着骂道:"不要脸!"

那个矮个子的黑瘦男人也"噌"地站了起来。

他赶紧起身把妻按坐在椅子上。他回到自己的座位上坐下,手里提着那只啤酒瓶,不动声色地看着那个矮小的黑瘦男人。

小豪带着小跑,端着一碟刚煎好的饺子过来了。

"刚出锅的煎饺,羊肉的,快尝尝兄弟!"小豪对那个黑瘦的男人笑道,"这一锅我用的是花生油,花生油煎羊肉饺子,我送各位的,快!快快快!凉了就不好吃咯。"小豪的女人也站了起来,她吩咐那个叫大妹的女孩:"去看看弟弟妹妹睡了没有。"女孩把手里的茶壶放到一张空桌上,扭头进屋去了。

"不要脸!"妻兀自怒骂着。她两手交握撑在下巴下,身子抖得像打摆子一样。

他知道,如果要息事宁人,他应该给妻一个耳光。

这镇上的男人在这种情况下都会这样,管好自己的女人,管好她那张嘴,就什么事都不会有。可是他不想这样做。他觉得妻是对的,也隐约觉得妻这样生气一定有她的理由。于是他把一缕头发捋到那残存的半个耳朵后,身子后仰,只用椅子的两只后腿撑住整个身体的重量。他把一只手搁在肚子上,一只手紧握酒瓶垂在身体一侧,就那样静静地看着那个黑瘦的男人。

那个黑瘦的男人端起酒杯一饮而尽,对小豪说:"放心,我不得在你这里搞事。"他往地上啐了一口唾沫,把钱扔到桌子上,起身离开。另外那几个男人也站了起来,他们瞪了一眼他和妻,跟在那个黑瘦的男人后面走了。

小豪端着那碟饺子,呆立在那张凌乱的圆桌边。

小豪把那碟饺子放到他们桌上,拖过来一把椅子坐了下来。小豪忧心忡忡地看了看他,又看看他的妻,问道:"朋友,从哪里来?"

他坐正了,把两只胳膊都支在桌子上。过了一会,他拿起筷子夹了只饺子送进口中,说:"我们原本打算去看瀑布的。"

"瀑布?是黄龙洞那个瀑布吗?"小豪笑道,"哎哟,那你们可是绕了道了。"小豪收起笑容,沉默了一会,又道:"一会出了小巷,记得要走大路。"

小豪的女人过来给他们添茶水,他的妻端起茶杯一饮而尽,小豪的女人端着茶壶等在旁边。妻喝完后,她又给她续上一杯。妻又一饮而尽,小豪的女人再次给她续上。

他本想问问小豪生意怎么样,是不是好做。可是好不好做,难道他没有看到么?于是他只有默默地吃起东西来。他吃完饺子,又要了瓶啤酒来喝。

他的妻突然把茶杯往桌上一顿,伸手一把抓住了小豪女人的一只手。

妻抬头逼视着小豪的女人,说:"你是她的妈妈!不是吗?"妻的胸脯剧烈起伏着,她死死抓住小豪女人的手,看着她说:"你应该拿把刀,剁掉他们的脏手!你是妈妈啊!拿把刀……"小豪的女人涨红了脸,把手挣脱出来连连道:"……有什么嘛!有什么嘛!"

他看着他的有些失常的妻,突然想起了她在夜里的惊醒,她三言两语中刻意省略掉的过去……他隔着张桌子,用力握住了妻子的一只手。

小豪也像喝多了,头脸涨得通红。

小豪说:"他们不算是坏人……就是喝了点酒后,喜欢胡闹。"这句话听上去就像是在为他自己的懦弱辩解。

白 鸭 | 一三三

他扭过头去看着小豪。也许是羞愧,也许是他脸上的伤疤吓着了他,小豪都不敢看他的眼睛,他把两手支在膝盖上,慢慢低下了头。过了一会,小豪忽然又抬起头来,直勾勾地看着他。

他连忙别过脸去,掏出一张百元大钞放到桌子上。他有些心酸地对小豪说:"不用找了。"他开始后悔过河了,他原本可以把车开得飞快,瞬间内就能把这个小镇甩在身后的。

"兄弟!"小豪没有去拿钱,他就那样直直地看着他。过了一会,小豪挺直了身体,开始把身上那件溅满油污的背心慢慢往上卷,一直卷到了腋窝下。小豪指着肚子上一道镰刀样的伤疤,对他说:"兄弟,我若早知道……"小豪的一根手指就那样在那道伤疤上点啊点,噎住了似的说不出话来。

他没有料到会是这样。他看着小豪肚子上的那道疤,怔住了。

过了好一会,小豪似乎是缓过来了,他接着说道:"我老爹死去前,中了个风。只是中个风,我就差一点连这个小店也保不住了。我卖了一个肾,三万块。兄弟,一个肾,三万!别人一顿饭,也可以吃三万的么!人穷,气短,我一家五张嘴……我也是个男人!如果我能再把自己换点钱，不管心、肝、肺、肠，但凡能换得了钱……"小豪说着话，把有着骇人伤疤的身子向他倾过来："不要说是金子，但凡能换得了钱！"

他心惊肉跳起来，不等小豪说完，连忙起身带着妻离开。他搂着妻颤抖的肩膀，深一脚浅一脚地往巷口走去。他挟裹着妻，跌跌撞撞地、飞快地往前走着，一时忘了该走大路，还是该走小路。小豪的声音鞭子一样追着他：

"不要说是金子，但凡能换得了钱……"

歧途

"爸爸,你能写一只小灰兔的故事吗?它不是我们看到的小灰兔的样子,它像我这么高,有和我一样的黑头发,像我一样会说话。"

这是儿子五岁时候对他说的话。

很多年以后,他还记得那一刻的情景。他在书房里埋头写自己的稿子,儿子悄悄推开门,踮着脚尖走进来,默默地站在他的书桌边。儿子把两只小手扒在桌子边,眨巴着一双大眼睛,安静地注视着专心写作的父亲。也不知过了多久,他才注意到这孩子。他伸出一只手,摸了摸孩子的小脑袋，就在这时，幼小的儿子开口对他说了那番话。

当时，他当然觉得这些都是孩子才会说的话。他没有往心里去。

"好吧。"为了尽快打发走这孩子，他应付着答道，"等我写完这本书，我就给你写一个小灰兔的故事。"

孩子很高兴，转身跑出了他的书房。孩子没有忘记给他把门关上，他转过身来，踮起脚尖够到门把手关门。门关上之前，孩子当然也没忘记再次快活地对他微笑。

他也还记得那天孩子的穿着。灰色松紧带布鞋，白灰蓝三色格纹背带裤，都是出自他妻子之手。

他是个作家。四十岁之前，他一直过着极其艰难、窘迫的生活。四十岁那年，时来运转，他得到了一笔数目可观的落实政策补偿款。这笔钱在城市里花不了多少年，在乡下，却可以过上许多年衣食无忧的生活。于是，作家向他年轻的女友求婚，带着她进了崂山。在一个偏僻的小山村，他们以非常低廉的价格从一个农民手中买下了一座废弃的小院，这座小院位于村子最安静的一角，与其他村民的房子隔着一条小山沟。山沟大部分时候都是干的，只有雨后，山沟里才会有哗哗的流水。说实话，这小院已经破败到不适合人类居住了，墙裂瓦破，门窗歪斜，积满灰尘的地面上布满不明动物的足印。但作家和妻子毫不在意，他们真心喜欢这小院的安静。他们自己动手换下屋顶上的碎瓦片，往歪斜的墙上撑好木头，修好门窗，把每间房都刷得雪亮。他们还自己动手做桌子椅子，在院子里种菜、种果树，到小山沟里捡来碎石铺平门前的小路，把倒塌的院墙重新砌好……总之，他们完全靠自己的两双手，让这座破败的小院焕然一新。作家和妻子很高兴。到了晚上，作家就到书房写作；妻子在书房旁边一间餐厅兼休息室的房间里做针线，偶尔，作家会将妻子叫到书房去，把自己刚写的小说念给她听。他的妻子虽然年轻，却也非常喜欢这样安静朴素的生活。那段时间他们是真幸福。

小院的后面是一面山坡，翻过这山坡后，再翻过一面和这差不多的山坡，就是游人如织的上清宫了，那里住着许多道士。隔着两座山，作家和他的妻子过得安安静静、简简单单，比道士们更像是修行。从作家书房的窗口可以看到山坡上的一片树林，都是些槐树、栎树之类的杂木，林下长着茂密的野草。白天，在写作的间歇，作家凭窗远眺，偶尔能看到小动物从草丛中一跃而过，鹌鹑、松鼠、狐狸什么的，更多的是野兔，它们都有着灰色的机警的长耳朵,跑起来忽隐忽现,非常灵巧轻快。有时候,作家会陪着他年轻的妻子去山坡上采蘑菇、摘野菜。妻子戴着草帽,穿着自己缝制的碎花棉布长裙,胳膊上挽着一只小竹篮,快活地走在他身边。他们去山坡上的时候,从来没有正面遇到过这些小东西。没错的,它们非常机警,在白天它们总是与他们保持着足够安全的距离,但作家知道它们一定藏在某个地方,偷偷地观察他们。于是他面带微笑,始终保持着温文尔雅的风度,装作不经意地四处搜寻,以期能遇到一对明亮的小动物的眼睛。他喜欢看到它们远远地从草丛中跃起、惊慌地跑向树林深处的样子。晚上,虫鸣阵阵,四周漆黑,只有他书房的窗口有温暖的光。有时候他能听到窗外传来的特别轻的脚步声,是那种非常轻微的"沙——沙——"声。他停止敲击打字机,侧耳倾听,这脚步声就会消失掉,等他开始打字,"沙——沙——"的声音又会重新响起。他笑一笑,不再理会,专注地写自己的东西。这样的夜晚,不管写作进行得如何,他的心情却总是愉快的。

他们搬到那个小山村的第二年,作家的妻子怀孕了。转过年来的春天,她诞下了一个白白胖胖的小男孩。孩子长得很漂亮,唯一美中不足的是,他有点唇裂。但这只会让他们更加爱他。在孩子六个月大的时候,夫妻俩下山，到市里的大医院给孩子做了修复手术。除了上嘴唇那一道淡淡的疤痕外，这孩子近乎完美。孩子很听话、很乖巧，安安静静地在他们身边长大。从会走路起，他就开始帮妈妈干活了，他迈着趔趄的小步，往她新翻过的土里播种子，用小洒水壶给菜苗浇水，捉虫，喂小鸡，他做着一切力所能及的事情。而且，这孩子也像作家的妻子一样，对作家的写作怀有神圣的敬意，从不无缘无故跑到他的书房打扰他。偶尔，孩子会捧着一杯水，或是一枚刚从树上采摘下来的苹果，学妈妈那样蹑手蹑脚地走进他的书房，给他放在书桌上后，又蹑手蹑脚地离开。孩子这样的举动，令作家感到温暖。有了孩子后，作家还是像从前一样给他的妻子念他刚写的小说，他读自己的小说时，孩子总是很安静。他还是个婴儿的时候，就很安静。他从不哭闹，有时候他会在作家读小说的声音里睡着，陷入甜美梦乡的小脸上不时露出一丝微笑。稍大一点后，孩子坐在妈妈的膝头听作家读小说，如果故事很悲惨，碰巧他又听懂了的话，这孩子会把脸埋在妈妈的怀里哭泣，作家的妻子要用许多的亲吻才能让他恢复平静。大部分时候，作家读完小说的最后一句，孩子会安静地站起来，叹一口气后默默走掉。孩子这样的举动，与他的年纪极不相称，常常会把作家和作家的妻子都逗笑了。

"爸爸,你能写一个小灰兔的故事吗?它像我这么高,有和我一样的黑头发,像我一样会说话。"

孩子七岁的那年,又对他说了这番话。

"好吧。"他停住敲击键盘,微笑着对孩子说道,"等我把手上这本书写完,我就给你写一个小灰兔的故事吧。"

很快三十年过去了,他还是没有给孩子写那个小灰兔的故事。因为他一直有"手上这本书"要写,也就是说,他"手上这本书",一直都没有写完。

一事无成的人生的最后几年,作家总是想起孩子再次跟他说这番话的情景,那是个夏日的夜晚,孩子临睡前进来跟他道晚安。孩子看上去很忧郁,因为第二天,孩子就要到山下上学去了,像村子里其他的孩子一样。孩子不喜欢上学。几天前,作家和妻子跟他提到这件事时,他当场就哭了起来。他们耐心地给孩子讲道理,鼓励他,最终他也接受了"每个孩子都要到学校去"这个现实。不过,孩子还是有点不开心。做父亲的注意到了这一点,所以他忙里偷闲地伸手抚摸了一下孩子的小脑袋。跟五岁时相比,孩子又长高了些,比父亲的书桌高出了一个脑袋。不过，终究还是个孩子，听说要上学还哭，还惦记着小灰兔的故事呢。

时隔三十年后，作家其实没怎么费劲就想明白了，为什么孩子会在五岁和七岁时对他说那番话。孩子六个月大时的那场唇裂缝合手术很成功，但后来，他在说话上还是进行了很长时间的练习。作家的妻子表现出了令人钦佩的坚韧，每天都在训练孩子说话。孩子五岁的时候，一句话只要经过几次练习，他就可以像他们一样发出清晰而准确的声音来。所以，孩子那句"爸爸，你能写一只小灰兔的故事吗"一定有过许多的练习，直到练得很好了，他才郑重其事地走进他的书房来对他说。七岁，孩子要下山上学，也就是从上学开始，他们其实就在经历一场漫长的告别。孩子似乎把那句话，当作了他们临别的赠语，只是当时他没有意识到而已。三十年后，他停止了平庸的写作，坐在轮椅上度日，虽然时日无多，但拿来回忆往事却绰绰有余。上轮椅好比上岸，作家坐在轮椅上回首往事，就像在岸上看别人在河里游泳，他发现自己比过去更能将往事看分明：这孩子跟许多人一样，也有着冥冥中被安排好的一生……先是小学，上完小学后，接着是中学，中学那孩子就到城里的学校住校了，每到周五下午，孩子坐中巴车到山下的马路边，然后步行上山回家。周日下午,他又步行下山,去等中巴车到学校去。寒暑假孩子会服从老师或父母的安排,参加各种夏令营、冬令营,和他们待在一起的时间并不太多。孩子在家里的时候,也总是有做不完的功课。一家人的夜晚常常是这样的:他在书房写他那总也写不完的书,妻子在隔壁的房间做针线,孩子在自己的房间内写作业。作家竟然不记得后来他到底有没有再将自己刚写的小说念给孩子和妻子听?再后来,孩子念完一所不好不坏的大学,留在城市工作。十多年来,他换过许多的工作,生活得不尽人意。现在,人到中年的他,在一家工厂做着仓库管理员的工作,每天按时上班、按时下班,一周休两天,月底领工钱。像其他人家的孩子一样,不管过得怎样,每到年底,他都会回来陪他们过春节。但每一年,回到他们身边的那个人,似乎都与那个站在他的书桌边,要求他写一个小灰兔故事的孩子不相干……那可是他唯一的孩子。作家意识到他欠了这孩子什么时,不由感到了内疚、悲伤。

作家下定决心,要写一个小灰兔的故事。离春节还有一个多月,作家决定在儿子回到家里之前,把这故事写完。

每天，作家都让他那患了老年痴呆症、但四肢健朗的妻子将他推到书桌边去——他们真是天造地设的一对——他的一只手已经不太好使了，他用另一只手敲击键盘。有时，他能敲下几行字，有时，他什么也敲不出来。他很气恼，把敲不出东西来的责任归于冬天。是啊，窗外白雪茫茫，一片寂寥，那片树林光秃秃的，毫无生气。在他看来，冬天就像是用来钉棺材的钉子，又冷又硬，有什么东西能在冬天出得来？作家很苦恼。他从网上买了一大堆孩子们看的书来读。他想，总能找得到一个故事，适合小灰兔。他读到了很多很多的故事，有的属于一只小狐狸，有的属于一只大灰狼，有的属于一只小蚂蚁……总之，各种各样的故事，它们各不相同。但作家发现这些各不相同的故事有个共同点，那就是每个故事都挽救了一颗纯真的心。起初，作家读到一个有趣的故事时，他会控制不住地想，不妨拿来一用。要知道，他是个作家，这样的事他并不陌生。——有句谚语怎么说来着？如果纸会脸红，那世界上大部分的书都会是红色的。但这一次作家没法这样干了，因为他意识到小灰兔应该有小灰兔的故事。非常奇怪的是，明白这一点后，作家很快就写出了一个小灰兔的故事，他坐在电脑前，手指一触到键盘，故事就从他的指尖流了出来。这是前所未有的事。写完后，作家激动得流下了眼泪。原来，写作是一件如此幸福的事情！作家也为自己感到遗憾，遗憾自己竟然到人生暮年才发现这一点。

在作家写下的故事中，调皮的小灰兔很喜欢街市的热闹，它常常在白天偷偷下山，它化成一个书生的样子，穿着干净的绸衫，摇着纸扇，去热闹的街市上游荡。小灰兔的白日偷行，很快被老灰兔发现了。老灰兔非常严肃地警告小灰兔："做人是非常危险的！平常人，祖祖辈辈做人，也未必过得好一生。你一兔子，没根没底，冷不丁跑去做人，何苦呢？生而为兔，就老老实实做兔子吧！"老灰兔觉得是时候把人的残酷的真相告诉天真的孩子们了，于是它把小灰兔的兄弟姐妹们都召集在一起，讲了一个祖传的杀千刀的故事给它们听。这个故事并不是虚构的，是老灰兔的祖父的祖父的祖父亲眼所见。老灰兔的祖父的祖父的祖父曾亲眼见到一群人把一个人绑在柱子上，然后用了三千六百刀来杀死他。旁边还有许多人挎着小篮，谈笑风生地排队等着买那个可怜人的肉回去吃。而据老灰兔的祖父的祖父的祖父说，那个被割了三千六百刀的人，就是一只受人世诱惑、半途跑去做人的兔子。小灰兔的兄弟姐妹们都被这个故事吓得晕了过去，但小灰兔却不怎么相信，因为只有它偷偷去过人类的街市，它去了那么多回，所遇之人都很和气，而且，人笑起来的样子非常好看，小灰兔很喜欢。它一点也没觉得危险。再说了，老灰兔平时没事就爱吹个牛皮，说话常常夸大其词，所以小灰兔就断定老灰兔是在吓唬它，于是就拿它的话当了耳边风，还是经常偷偷跑到街市上去。化成人的小灰兔风度翩翩，街市上的人都以为他是富人家的子弟，渐渐有许多人打听他，想把自己的女儿嫁给他。——人是非常非常喜欢钱的，这一点千真万确——小灰兔很得意，它到人类的街市上去得更勤了。有一天，穿着绸衫的小灰兔从街市上走过，突然，一根晾衣服的竹竿从楼上掉下来，正好打在它的头上。小灰兔抬头一看，只见一个极美丽的少女，正羞怯地从二楼的窗口往楼下张望自己。一时间，小灰兔只觉得目眩神迷，一下爱上了这个少女。（一眼动真情，这在兔子的世界里是不太可能发生的，兔子们至少要在一起啃掉超过十二根的胡萝卜后，才有可能爱上彼此，只有轻浮的人类才相信一见钟情这种鬼话。）心里有了爱情的小灰兔，不再甘心只是白天为人，它想在夜里也做人。于是，小灰兔就去向兔子界的巫师老黑兔求救。老黑兔拿出一瓶人的拳头大小的药，这药黑漆漆的，谁朝它看上一眼，谁就有如坠深渊之感。在把药交给小灰兔之前，老黑兔照例对小灰兔说了一大段话。老黑兔说：

"你这样的兔子我一生见过多少！这些话，我都不知道说过多少遍了，我真是说厌了！可悲的是，隔不了几年，我就又得说一遍。现在，我也得对你说一遍。这是规矩。

"我首先要告诉你的是，人类嘴里喊着人人平等，可实际上根本就不是那么回事。如果人类的一个国王患病，需要换个好肾脏，他就有办法让全国人民都去做个体检……你以后会明白的。人话不好懂，但更不好说。上帝造物时，让每个物种自己选择自己的语言，除了人，没谁选择说人话，即便是老虎这样厉害的家伙，也没敢选择说人话。可你吃下这瓶药后，就要开始说人话了，这是天底下最困难的事情，说得不好会有性命之忧。你得记住了。

"你偷偷跑去的街市，人类自己还有个说法，叫社会。你看到的街市很规矩，人们面带微笑，一手交钱，一手交货，买卖的也都是寻常之物。但社会就不一样了，社会笑里藏刀，什么样的东西都可以买卖，什么可怕的事情都会发生，一句话，什么样的罪恶都有。

"人有一样东西很珍贵、很美好。这东西叫真爱。人类的真爱是一种致命的诱惑，多少好兔子毁于人类的真爱！但人类自己对他们的真爱却不甚明了，他们建立军队来保护他们的国家，他们制定法律来保护他们的生命和财产，他们为了寸草不生的土地流血，他们还约定俗成，不打彼此的狗，他们门前的树木都有人看守，但是他们却没有采取任何措施来保护他们最珍贵的真爱。因此，人类的真爱非常脆弱。真爱一旦消失，人会变得与猛兽无异，到那时，只怕你会宁愿自己从来没有过真爱呢。唉，我从你的眼睛里看到，人类的真爱已蒙蔽了你那颗原本星星般明亮的心。我必须诫你的是，如果你所爱的女人不再爱你了，她说的每一句话都将变成诅咒，到那时候，我的药就会失效，你会如她所愿，死去，或落入任何可能的悲惨境地。死亡算是很仁慈的，最可怕的是死不了，又活不好，到那时，除非有人能把你的经历编成故事，否则，你终生都只能待在那悲惨的境地里。——你可想好了？"

这些话听上去非常可怕，可是，被真爱蒙住了心窍的小灰兔哪里听得进去？它毫不犹豫地从老黑兔手中接过那瓶黑色的药，一仰头都喝了下去。小灰兔可以白天黑夜都做人了！起初，它和那少女日夜厮守，过得很幸福。人类的生活在它看来简直就像一罐蜜。偶尔，幸福的小灰兔想起老黑兔的话，嘴角还会浮现一丝轻蔑的笑呢。可人世间的好事物从来就不长久，不知是在什么时候，也不知是谁在人类的生活里下了个恶毒的咒语，"好花不常开，好景不常在"。很快，小灰兔在人世间的生活起了变化，甜蜜的东西越来越少，苦涩的东西越来越多。小灰兔所有的本事在人世间都用不上，要知道，它可是兔子中不可多得的好兔子，聪明，机灵，有教养，而且非常非常善良，到哪里再找得出一只这么好的兔子来？可是，再好的兔子，也做不好人，做好一个人需要的东西太多了！把老虎的凶狠、狼的残忍、狐狸的狡诈加在一起也不够做人的，只怕把所有动物的长处加起来，也都不够做人的。可怜的小灰兔，在爱人的眼里，很快就一无是处了。他再爱她，又有什么用呢？爱人看他的眼光，渐渐变得又冷又硬，简直扎得死人。小灰兔想起老黑兔的话，整天战战兢兢的。可他越是战战兢兢，在爱人的眼里就越是委琐无用。终于，有一天，在他不小心摔碎了一只饭碗后，那女孩再也无法忍受，破口大骂道："你这杀千刀的！"

  这样的结局实在是太悲惨了！作家想到这是写给儿子的故事，马上又春节了，他就想，一定要把结局弄得喜庆些。可是他很快发现自己竟然无能为力，故事似乎知道自己要去哪里。作家想到儿子，于是与故事进行了艰苦的斗争，最后，他终于将结尾稍微修改了下。他让那负心的女人只是骂：

"给我滚得远远的，你这没用的东西！"

小灰兔就滚得远远的了。但是，没用的东西，到底是什么东西？作家心里也没个数，垃圾？很多垃圾都可以回收利用。蚯蚓？蚂蚁？麻雀？苍蝇？还是什么别的？作家一时想不出来，也懒得猜。改完结尾，作家可是累坏了！再说作家一向都懒得猜，他喜欢让读者猜。

很快，春节到了。小山沟对面的农家燃放鞭炮的夜晚，那在城里做仓库管理员的儿子回到了家。他依然是个仓库管理员的样子，穿着一条又旧又肥大的牛仔裤，从棉衣袖管里伸出来两只冻得通红的粗大的手，唇上浓密的短髭，盖住了那道淡淡的疤痕。他也还是跟从前一样沉默，只是背比先前佝偻了些，头上还多了几根白发。显然，在度过了一个没有童话故事的童年之后，他的人生一直没什么起色。

作家赶紧把自己写好的故事打印好拿了出来。他让妻子烧了一壶热乎乎的茶，端来好吃的点心，一家三口围坐在书房里温暖的炉火边后，作家开始把小灰兔的故事读给妻子和儿子听。他的妻子早就对他的故事没有任何反应了,只顾低头缝补儿子的一只袜子,但他的儿子非常惊讶。起初,他搓着双手,安静地听着,后来,他的嘴唇开始哆嗦,有了一些浅浅皱纹的脸涨得通红的,简直比炉火的红光还要红呢。故事读完后,作家的儿子把脸埋在作家不能动弹的腿上,抽泣起来。作家的儿子对作家说:"爸爸,谢谢你……"作家感到非常幸福,他把手轻轻放到儿子头上,就像怕惊到了他。也不知过了多久——作家感觉就像打了个盹,他抬手拍拍儿子,却惊讶地发现自己腿上只剩了件儿子的衣服,儿子原本穿在身上的那条旧牛仔裤堆在他轮椅边的地板上,还有一双鞋——他只看一眼就知那是儿子的鞋,鞋很旧了,鞋跟磨得又薄又歪。他问妻子,儿子去哪了?他的妻子只是傻笑,却不肯告诉他。作家就很恍惚,他把儿子的衣服抱在怀里,想,可能是妻子怕自己冷,拿来盖在自己腿上的,也许儿子根本就没有回来。——这是人的另一样本事,他们很善于欺骗自己。

　　第二天一早,一个道士翻了两座山来到了作家的家里。道士对作家说:"昨晚,有个知恩图报的人去我家,恳求我为你做件好事,他苦苦哀求,我只好答应了他。"道士说完,用手指蘸水,在作家书房的墙上画了一个碗大的圆圈,这个圆圈就在那扇面向后山的窗户下面。作家是个唯物主义者，也是个无神论者，他觉得道士有些疯疯癫癫的，就没怎么理睬。倒是他那已变傻的妻子，反而跟道士说了好些莫名其妙的感谢的话呢。

当天夜里，作家和他的妻子正在炉火边打盹，突然听到了一阵异样的声响，作家睁开眼，看到一只小灰兔从窗户下的圆圈里跳了进来，它落到地板上后，很快变成了作家儿子的样子。作家不敢相信自己的眼睛，他想这一定是那疯道士的幻化之术。但是这儿子和从前有些不一样，他似乎变年轻了，背也比从前直了许多，看上去是那么快活，让作家一下想起了那个穿灰色松紧带布鞋、白灰蓝三色格纹背带裤的可爱男孩。作家很欢喜。作家的儿子蹦蹦跳跳地跑到火炉边，热烈地拥抱了作家和他的妻子，他以前从不这样做，作家和妻子都感到了幸福。儿子告诉他们，他不再去城里做仓库管理员了，他找了份新工作，看管屋后山坡上的那片小树林。作家发现，儿子很喜欢他的新工作，每天晚上，他回到家里时都很快活，他带回来许多松子，偶尔还有作家和妻子都爱吃的新鲜蘑菇——这在这个季节可不多见。儿子给他们做好吃的，吃完饭还会跟他们聊一天中所见的各种趣事。他聊到他新交的朋友，说他们打趣了他的嘴唇。不过，儿子说起这件事时一直笑着，并不气恼，就好像在说一件很好玩的事情。小时候，他也常因为嘴唇的事被小朋友们取笑，多少次哭着回家。作家的儿子偶尔也会跟他们提到过去，一讲到那些年在城里的生活，他就直叹气直摇头，说："哎呀呀，还不如……"还不如什么，儿子没有说出来，作家也不问。写完一个小灰兔的故事后，作家能想象得出一个孩子一生中会经历的各种事情，那绝不可能都是愉快轻松的事情，一定曾有些可怕的事情发生。想到这些，作家心里会很难过，为自己曾经的疏忽。不过，作家很快就会安慰自己：那都是过去的事了，现在开心就好。没错的，一家人现在都很开心，尤其是作家的儿子，他拖地、洗碗的时候还会吹口哨、唱歌呢。当然，过去多少也会留下阴影，作家注意到，儿子从不吃黑色的东西，即便是黑色的蜂蜜也不吃。而且，他似乎很怕家里那根晾衣服的竹竿，从不打那底下过。作家心里明白，任何事情都会留下痕迹，没什么能凭空消失，就像多年前的某个地方，一座神庙几番被毁后，最终留下了一堵哭墙。

2014年8月6日于蓝山

跟马德说再见

1

马德婶坐在厨房的小桌边,等着。到了下午四点来钟,她终于听到了咏立开门的声音。

"也就三十来分钟……"

咏立的一只脚刚迈进厨房门,马德婶就用了一种格外平静的语气对她说道。不出马德婶所料,咏立的好奇心被马德婶不应有的平静勾了起来。

咏立忘了去给自己热饭,她站在马德婶面前,有些茫然而迟疑地问道:"——是么?"

马德婶看到咏立的眼睛有些红,就知道咏立又把自己写哭了。咏立是网络写手,她常常写着写着就哭了,这在马德婶看来,是病。

"我选的是平炉,高炉和豪华炉要略费功夫些,"马德婶看着咏立,道,"怎么着也都不到一小时,还不如两块蜂窝煤呢。我懒得跟过去,小勇也没。"马德婶拍了拍大腿:"我们娘俩呢,在休息室耽搁了一顿饭的工夫,就了了。"马德婶把右手胖胖的五根手指捏到一块,举到咏立面前后,迅速地弹开,道:

"火一上来,一阵儿,一个人就没了。"

咏立往后退了两步,双手撑在了身后的灶台上。

"马德进去时一百九十斤,"马德婶叹了一口气,把手撑着桌子站起来,边往外走边说道:"出来呢,三斤!"

马德婶来到外面的院子里摘黄瓜。前天她正摘黄瓜时接到了马德的噩耗,篮子就那样一直扔在瓜藤下,咏立也没给她拾进去。篮子里的几根黄瓜给鸡啄得不成样子,没法吃了。这个夏天天气格外炎热干燥,长出几根黄瓜并非易事。

"活着顶个嘛用?!"

马德婶在心里骂。这话她既是在骂咏立，也是在骂刚变成三斤骨灰的马德。鉴于马德已经死了，所以，她更多的是在骂咏立。

咏立姓徐，是马德婶的房客。

一年前，咏立把丈夫丢在城里，一个人跑到这背山面海的渔村过日子。不过，在马德婶看来，咏立过的也不能叫日子。这一年来，马德婶不知道她什么时候睡的觉，咏立起床，一般都到了上午十点多。这个点，马德婶时常已在黄山村鱼码头干了半天活了。帮着收拾渔船卸在码头的海货，是马德婶一项重要的收入来源。不过马德婶最主要的收入，还是周末、节假日在开渔家乐的李照耀家帮工所得，以及咏立给的房租、饭费。咏立一天两顿饭，需要马德婶准备的通常是下午四点的那一顿，每顿十块钱，吃一次记一次，月底和房租一起结付。咏立那愁容满面的丈夫常常在周末开车过来，在马德婶家的冰箱里塞满牛奶、麦片、果酱和面包，咏立上午就靠那些东西活着。

马德婶问过咏立："你们咋回事呢？"说的是咏立和她的丈夫。

咏立想了想，说："我不知道自己是否还爱他。"

马德婶张大了嘴看咏立。

"十年了，"咏立叹了一口气，告诉马德婶，"在一起十年了……"咏立看着马德婶，用一根又瘦又长的手指点了点自己胸口那："这颗心木木的了，呵呵，现在我搞不清自己还爱不爱他。"咏立懒洋洋地打了个哈欠。

马德婶听不明白咏立的话。她和马德结婚二十多年了，不明白"十年"怎么就让咏立过成了这样。

咏立也问过马德婶："你和马德呢？你还爱他么？"

"嗨！"马德婶猛一击掌，不好意思地笑道："啥爱不爱的……"她没提防会遇到这样的问题，又羞涩又有些不屑。不过，马德婶也因此想起了从前和马德年轻时候的光景，心里兀自涌上一股奇怪的热乎乎的暖流，令她周身虚弱。多少年没这感觉了！马德婶心酸起来，她把脸扭到一边，挥手佯装赶鸡，答道：

"就是过日子嘛！"

2

咏立租的是马德婶家那间向北、但能看到海的房间。这房间原本是小勇的，小勇在海洋大学读硕士研究生，学生会副主席，忙，平时都住在学校里，偶尔节假日、周末才回家。马德婶把厨房边的小杂物间收拾出来，给小勇支了张床，小勇回家时就睡在那。咏立把小勇的房间收拾过，床头挂了一副她自己画的水粉画，瓦蓝瓦蓝的天空下，一大片盛开的小雏菊。床上用品也是咏立自己带来的，色彩朴素、价格昂贵的埃及棉使小勇的旧楸木床也端庄好看起来。经咏立收拾过后，这房间似乎生来就是咏立的。不过，房间里总有前主人留下的些许痕迹，刻在门框上的深浅不一的标高线，浓缩了小勇的成长。咏立坐在窗前打字，一扭头就能看到挂在墙上的镜框，镜框里有许多小勇，刚满一百天、坐在一个脸盆里的赤裸的小勇，系着红肚兜、蹒跚学步的小勇，光着屁股赶海的小勇，带着军帽、手里拿着玩具枪的小勇，脖子上挂着红领巾、豁着门牙的羞涩的小勇……插在镜框玻璃外的一张照片里的，是长身玉立，穿学士学位服、刚刚入了党的小勇。

咏立在马家租住一年，和马德没说上几句话，他很少回家。但小勇和咏立说的话，比和马德婶说的要多。小勇偶尔在周末回家，咏立总能在厨房、院子里遇到他。遇到时，小勇会露出一口渔村人特有的白牙，大方地对她笑。咏立喜欢小勇的笑，年轻、明朗，让她想起清晨海面上跳跃不定的新生的阳光。他们似乎也是很聊得来的，音乐、电影、书，以及校园生活。毕业十多年，咏立感到现在的大学生活和从前很不一样了。听的音乐，看的电影，读的书，都不一样了。当然，还有别的变化，比如，现在的大学里，已没有了周末舞会，咏立知道后很有些惆怅，她和她的丈夫就是在学校的周末舞会上认识的。

咏立和小勇总是泛泛地谈，两人都又轻松又开心的样子。小勇历数那些学法律出身的卓越的政治家时，眉宇间会有种特别的光彩，令咏立看得入迷。他们几乎不聊自己。但咏立觉得小勇知道她许多事情，他也一定读过她的小说。咏立常常这样想。有几回，他们聊得正开心呢，年轻的共产党员忽然一低头，目光中突如其来的一缕羞赧像跳跃的波光一样一闪而过。咏立就想，他读过我的小说了。咏立内心战栗，他乡遇故知般，莫名其妙就会觉得安慰。一家声名鼎盛的文学网站正在连载她的新小说，咏立的新小说写的是她和她丈夫的故事，当然，也写到了她和她丈夫各自几次短暂而苟且的外遇。在这部小说里，咏立以笔为刀，把自己细细地剖开了。

"你写什么？"

只有马德这样问过她。

对于咏立来说，"写什么"似乎是一个无法回答的问题。她的读者主要是情窦初开的少女，和无所事事的家庭主妇。曾经，咏立每天要往网上上传好几万字的文章，文中的男男女女全都爱得死去活来，可她自己却觉得也不能说她就写了"爱得死去活来"这些。这样的写作是一件体力活，虽然给咏立带来过财富，但也把咏立变成了一个瘦削的烟不离手的女人。人到中年，咏立不再每日赶稿，每一个字似乎都有了疼痛感，写作也因此变得艰难起来。

咏立搬进小勇那间房后，小勇再未进去过。有一回，咏立在海边散步，无意中回头看了一眼自己房间的窗口，远远地似乎瞥到窗口有人影晃过，宽肩、长脖的剪影，像小勇，也像马德。她定睛看时，却只看到一个方方正正的黑框，宛如一口深井。傍晚时分，咏立带着一身海水的咸腥味回到家，只见到马德婶一个人在厨房黯淡的灯下寂寞地吃着晚饭。咏立回到自己房间时，看见床单上有些皱褶，枕头也凹陷下去一块，就疑心自己得了恍惚症。

马德婶原本是想把自己住的那间向南的房间租给咏立的。小勇那间房，到了冬天就阴冷阴冷的。但咏立看上了那间房。那天马德在，知道她是个作家后，马德以城里海景房作参照跟咏立谈定了租金。

"六百块，市南区星级宾馆海景房也就能住半天的，这儿一个月，多划算！"

马德一张口，把马德婶吓了一大跳。吃午饭时马德独自喝了几杯高粱酒，马德婶以为他在说醉话。要知道，村子里家家户户都是漂漂亮亮的二层小楼，独独他们家的房子还是老平房，能看到海全仗着地势高。当然，景色是不错的，从那间房的窗口望出去，一色顺坡儿溜下去的红屋顶，直插到碧蓝的海里去。天气好的时候，还能看到船一样泊在海里的大管岛、小管岛。要不是李照耀家房顶上那块夜里会闪光的写着"餐饮、住宿"的四字大招牌，一切都再好看不过了。不过，再好看的景致，也当不得饭吃，马德足足比旁人家多喊了两百块。两百块呢！起初咏立也有些犹豫，这个价格可能超出了她的预期。不过她也不开口还个价，光是两手抓着斜挎在胸前的包带发愣。

当时马德打了个酒嗝，又说："六百不贵，咱家这位置，僻静，家里人少，平日就你大姐在家。村里其他人家，你去瞧瞧，哪家不是鸡飞狗跳的？"马德这几句话，可真是暖到了马德婶。尽管马德一年四季很少回家，可是,听听!"咱家"!无论如何,马德还是把这当成自己家的嘛。

咏立不作声。马德看着咏立,用了惯常见到漂亮女人时常用的温和语气,道:"就这吧,错不了。面朝大海,春暖花开。"

咏立依然不吭声。马德婶急了,刚要喊出"四百",马德又问咏立了。马德问:

"你写什么?写诗么?"

咏立没说她写什么,但她说不写诗。

"真遗憾,咋不写诗呢?"马德把马德婶替他取回的二代身份证揣到怀里,拎起桌上的一瓶虾酱、两瓶酸黄瓜起身出门。马德谁也不瞧,兀自低声道:"咋不写诗呢?我在千寻之下等你,水来,我在水中等你,火来,我在灰烬中等你……"马德抬头看咏立:"这事只能写成诗,写成小说,就彪了。"

马德起身离开前说的话,除了那句"彪了",其余的,马德婶一句也不懂。一村子的人,提到马德,都说"德彪子",意思是说马德傻,不正常。但马德婶知道,其实马德一点也不彪,马德只是有些怪。其实也不是怪,是没用。马德这辈子除了活个命,啥也没捞着。要是多少捞着点什么,谁还会说他彪?可就是马德那几句马德婶都没听懂的话，让咏立下定了决心。咏立很快掏出六百块钱递到马德婶手里。看着马德往外走去的背影，咏立问马德婶：

"这人是谁？"

"当家的。"马德婶麻利地答。

3

"当家的！"

马德婶摘着黄瓜，想起来这句话，不由往地上啐了一口。——当时要是有半个黄山村的人在，马德婶都不会这么说。马德这辈子除了添乱，当过什么家？这家一直靠马德婶撑着。天可怜见！小勇争气，马德婶在黄山村也不算颜面无存。

咏立吃完饭，也来到院子里。咏立把一头发黄发枯的长发挽在脑后，穿着一条颜色艳丽的棉布长裙，脚上像男人一样夹着双人字拖。

咏立习惯饭后出门去海边走一走。可这回她没有。咏立站在菜地边，看马德婶摘黄瓜。咏立手指间夹着一支又细又长的烟，她眯着眼问马德婶道：

"你把他给她了？"

咏立所说的"她",是马德在建筑工地上的相好。村子里见过那个女人的,都说不如马德婶好看,只是比马德婶年轻,人也要细一圈。

马德婶说:"她能要么?!三斤冷灰,狗都不要!"马德婶说到这,仿佛看到马德听到这话时会有的恼怒表情,忍不住又笑了。马德婶道:

"马德留下话,'葬我于海',意思就是要海葬,骨灰先存在殡仪馆了,海葬那天在八大峡码头领。"

"海葬?"

显然,咏立不知道什么是海葬。咏立对活人的事知道得少,对死人的事,看来知道得也不多。

"岛城一年两次海葬,有本地户口的免费。马德这辈子总算赶上一回趟,下周就有一回。"

"小勇还好么?"咏立问。

临近毕业,小勇的工作还没着落,他也考过公务员,参加过几次事业单位的公开招聘,总是笔试第一名,复试差一名,几成铁律。现在马德又出了这事,咏立有些担心他了。

"还好。"马德婶答。

马德出事后,是小勇和马德婶去医院太平间看的马德,也是小勇和她去工地马德的宿舍收拾的马德的遗物。

几件旧衣裤，一本被翻得毛绒绒的《洛夫诗集》，一部外壳走了样的旧手机，就是马德的遗产。马德婶把马德的衣物、书和马德一起送进了殡仪馆的平炉，只把那部手机拿了回来。她一直想买部手机来着，好方便小勇找她。现在她有了。当着马德婶的面，小勇倒没怎么哭，但连日来小勇的眼睛都红红的，马德婶知道他背地里一定哭过了。虽说马德从来就没怎么管过孩子，但父子连心……汶川大地震那年，小勇在学校献血，在工地煮饭的马德，胳膊上的血管突突地跳了半天，锅铲频频脱手，十分蹊跷。事后坐一块叨叨起来，才知道都是左胳膊，都是下午四点多。

马德婶一直很害怕见到马德的相好，她可是知道的，马德喜欢漂亮女人。在马德婶的想象中，马德的相好一定是个漂亮女人，不然，马德图什么呢？不过，马德婶可没机会见那女人了，等她和小勇赶到工地时，那女人早收拾好东西跑回了四川老家。

"两人夜来喝了一整壶老白干，都醉得了不得，这年纪了，不该的，可八小时以外，我们也管不着啊。"许是怕惹上麻烦，工地负责人翻来覆去就是这句话。

"给你们添麻烦了！"马德婶说。她匆匆收拾完马德的东西，带着小勇离开了那。在医院太平间，马德婶细细查看过在冰柜里冻得硬邦邦的马德，马德表情平静，就似平时睡着了一般，只是没有鼾声而已。不过，等她解开马德身上冻得冰手的衬衫扣子，看到他胸口已经变得黑紫的道道抓痕，马德婶结结实实地哭了一场。

"你找的到底是个什么样的女人啊！你这么不好受，她就一点也不知道么？睡死了么？！"马德婶拍着冰柜门痛哭，小勇很费了番力气才将她拉开。

咏立吸了一口烟后，又问："为什么选平炉？"

"平炉不要钱的。"马德婶说。当初在殡仪馆，工作人员问马德婶，要平炉、高炉还是豪华炉时，马德婶想也没想就选了免费的平炉。她在心里对马德说："你是和野女人寻欢作乐把自己喝死的，就这样好吧？"

咏立皱着眉吐出一口烟，看着马德婶。马德婶就又说道：

"烧都是一样烧，又不疼。就是吧，平炉的灰是殡仪馆的人替家属捡，得用铁钩子钩出来。高炉和豪华炉自动化，烧完了机器跟上菜一样把骨灰端过来，家属可以自己捡。"

马德婶拎着半篮黄瓜从瓜垄里钻出来，就手把一根刚摘下来的黄瓜搓去刺后，递给了咏立。马德婶走到手压井旁打水洗黄瓜,她把硕大的臀部对着咏立,装作不经意地问道:"你想不想去瞅瞅?就当是你们那个什么、采风?"

"哦!不!不不不!"咏立挥着指间冒烟的手,飞快地答道,就像马德婶吓着了她。

马德婶直起身来,两手上的水直往地上滴。马德婶扭头看着咏立,带着点不屑道:"你咋就不想去看看?回头你也好写个负心汉,把他写死了,也扔海里,跟马德一样,可不好?"

咏立不吭声,目光落在院墙外的某处发起呆来。

往墙外一直望过去,越过几户人家的红屋顶,以及半坡修剪得整整齐齐的茶园,崂山陡峭的山体墙一样拔地而起、高高耸立,它那波涛般起伏不定的山脊划破了碧蓝的天空,山上那些被风雨吹打得十分光滑的巨石在阳光下泛着白光。咏立怀念起去冬下雪的日子,薄雪覆盖在山顶的巨石上,使天蓝得像海一样深邃。"春雨在寺町降在寺院,在三条降在桥上,在衹园降在樱花,在金阁寺降在松树……"咏立想起夏目漱石对京都的无与伦比的描述,不由在心里仿造了一句:

雪在崂山落在石上

阳光在崂山洒在石上。

"你咋就不想去看看呢?"马德婶又追问了一句。

咏立兀自抽烟,没有回应。

马德婶摇摇头,不再管咏立,转身洗黄瓜。她要把黄瓜都洗干净了,切成条,摊到一张芦苇帘子上去晒。马德死了,但她还是想做坛酸黄瓜。

4

黄山村鱼码头小,来往以小舢板为多,卸在这个小码头上的海货也大多是需要加工出售的海蜇,以及供村子里自用的杂鱼小虾、海贝之类。

这日,鱼码头上卸了几船海蜇,海蜇须把整个码头都染成了红色。马德婶是处理海蜇的好手,她戴着小勇的旧棒球帽,帽子上围了块白纱巾,脚上穿着水鞋,臂上套了水袖,和几个妇女一起收拾堆在码头的一筐筐的海蜇。她们用竹刀把海蜇头小心地切下来搁到一边,刮去血衣和海蜇肚子里的白膏,摘下蜇里子,然后把剩下的部分扔到盛着矾水的大桶里泡着。码头边上架起了一口大铁锅,刚割下来的蜇里子和白膏都被扔到热气腾腾的锅里去氽,它们在沸腾的水里翻滚一阵,等用不锈钢丝做的大笊篱捞起来时,它们变得白胖而卷曲,成为了香脆可口的蚕花和蚕卷。马德婶从早上六点多，一直干到晌午吃饭，也没人问起马德。马德婶吃着饭，心里就难过起来。

"明明都知道马德死了的嘛！都知道的嘛！"

这么想着，马德婶肥厚的胸脯就呼呼拉开了风箱，眼泪扑簌簌地直往搁在大腿上的咸菜袋里掉。几个多年来和她一起干活的大婶安静下来，停止咀嚼，都用怜悯的眼神望着她。后来，有个年长的大婶坐到马德婶身边来，把自己塑料袋里的虾酱炒辣子拨给她一些。大婶指了指村子后面山坡上的茶园，道：

"你哭个毬！马德这辈子不孬，活得比那几个长吧？儿子一个，媳妇一双，还要怎地？"

听到"媳妇一双"，马德婶红了脸。她偷瞄了一眼村后的茶园，前日下过一场雨，这两日大太阳一出，山上云蒸雾绕，什么也看不见。尽管看不到，但马德婶知道，茶园地角边，葬得横七竖八的坟堆中，有七个衣冠冢。那年村子里和马德一起上荣威号出海的，除了马德，都在那几个衣冠冢里。马德以前在渔船上做饭，他上工地做饭，是近些年来的事。四十岁那年，马德最后一次上船，和村里几个人一起上荣威号出远洋钓鱿鱼。船到高雄附近，马德突然晕船，吐得人事不省，只得跟了一艘赴斐济捕鲔鱼返航的烟台籍渔船俪岛号辗转回国。马德上俪岛号两天后，荣威号就在太平洋上遭遇了飓风，无人生还。马德从此洗手上岸，不再出海。说起马德那次晕船，黄山村人都认为事出蹊跷，另有玄机。"许是这厮早早察觉到什么……"黄山村人背地里猜测。如果说，先前爱读诗写诗的马德在黄山村人看来还只是半疯半邪、不务正业，后来，马德到法院告李照耀家的广告牌破坏了他的好风景，黄山村人又将他看低一等，认为他是没本事，出于嫉妒，无理取闹。而这一回，黄山村人可是把马德彻底打入了"孬种"的另册。

"啧啧，八人去，一人回！"大家对马德的不义充满愤懑与鄙夷。

马德婶私下里也问过马德，晕船却是千真万确的。其实，从四十岁那年开始，马德不仅仅是晕船，严格说来，他还晕浪，连下海洗个海澡都不成，可是说出来，谁信呢？马德也懒得跟人说，他卷个铺盖进了城，在建筑工地上找了个烧饭的事做，很少回村，几乎与村里人断了来往。不过，马德家的日子在黄山村却照旧过了下来，少了谁不得过？只是在陆地上烧饭没船上那么多讲究了，从那年开始，马德家过年也吃带壳海鲜。

马德婶瞟了一眼茶园后，不好意思再哭了，她擦干眼泪，低头咬起手里的馒头来。

马德婶三点钟收工回家，她回到家里时，发现咏立正在厨房做饭。蒸锅里馏着馒头，餐桌上有一碟冒着热气的虾酱炒四季豆，还有几瓣又白又胖的蒜。生蒜咏立是不吃的，这是她给马德婶剥的。马德婶的晚饭常常就吃咏立下午剩下来的。咏立站在热气腾腾的灶边，正在热早上马德婶出门前就熬好的小米粥。马德婶走过去把咏立拨到一边，道：

"忙你的去吧！"

咏立没有出去，她走到餐桌边坐下，等着。马德婶把从码头带回来的海蜇里子洗干净扔到锅里，将一个青瓜细细切了，也丢到了锅里。一股咸香的热气很快弥漫开来。

等马德婶把饭菜都端上桌后，咏立把身边的一把椅子拖开，对马德婶说："你坐下，我有话问你。"

马德婶就坐下来，撩起围裙擦手，擦额头细密的汗。

"马德的葬礼，四缺一，是不是？"

马德婶惊讶地看着咏立。殡仪馆说了，海葬那天五条船，每位逝者可以有四位亲属上船。目前能确定上船送马德一程的，只有马德婶和小勇，还有小勇的女朋友小青。马德家没有别的亲戚，马德有个表妹嫁在长岭村，可表妹夫家的小叔跟马德上荣威号也没能回来，早些年那表妹就坚定地表明立场，跟马德一家断了来往。马德的葬礼，连四个人也凑不齐！

"是不是？"

马德婶那张又大又圆的脸憋得红红的，额头上又沁出了一层细密的汗珠。她用胖胖的手指揉搓着围裙的一角，十分难为情地点了点头。

咏立看着马德婶，柔声道："好，我去。"

5

周六早晨七点来钟，马德婶和咏立就赶到了八大峡码头。码头上已提前搭好了主席台，红色帷幔做成的背景上贴着"回归自然，情寄沧海"几个巨大的白字。小勇穿着牛仔裤和白色汗衫，站在主席台一侧等着她们。

"小青呢？"马德婶问。

"她有事。"小勇嘴里回答着马德婶的话，眼睛却看着手提花篮、戴着墨镜的咏立。小勇露齿一笑，道："您来了？"

"马副主席早!"咏立开小勇的玩笑。

就马德婶没有笑,她绷着脸,三个人中,好像只有她才是来参加一场葬礼的。小青没有来,马德婶有些不高兴。小勇和小青是研一开始谈的恋爱,到现在快三年了,住到了一起的,按小勇的说法是"老夫老妻"了。也见过家长,马德婶还送了小青一套金首饰,怎么说也是半个马家人了。不过马德婶还没来得及埋怨,高音喇叭已在招呼家属们领骨灰排队了。马德被分在四号船,骨灰装在一个由政府免费提供的莲花状的陶泥罐子里,这个漂亮的陶泥罐子遇水后几分钟内就会融化。小勇捧着马德的骨灰,和马德婶、咏立站在第四列纵队里。一个穿黑裤白衫的中年男子发表完肃穆的讲话后,礼炮轰轰地鸣了九响,大家就在同样穿着白衫黑裤的年轻引领员的带领下登船了。咏立是晕船的,她的在税务局稽查处任处长的丈夫曾带她坐过一回游艇,她翻江倒海的呕吐令她的丈夫十分扫兴。不过这天天公作美,海上风平浪静的,咏立未有丝毫不适。大家在船舱落座后,马德的骨灰盒从小勇的手上转到了马德婶手上。马德婶拣了个靠窗的位子坐着,马德的骨灰盒稳稳地坐在她肥厚的大腿上,一朵平常莲花大小的罐子里装着那个曾令她爱、也令她恨的马德。马德婶看着窗外,用两只肉乎乎的手捧着那朵莲花。

海葬的船是用平常的小渡轮改装的,两层船舱,舷窗上部都簪着白色纸花。此刻,每层船舱里都满满地坐着一百来号人,大家都沉默、安静,像是一群对自己的行程很有把握的心平气和的旅人。咏立和小勇坐在马德婶身边,他们聊着毕业找工作的事。小勇告诉咏立,小青考回了她老家的一家中级法院,距岛城三千多公里之遥,两人前景由明转暗。

"我爸去世前一天,给我打电话,他说,朝中无人难做官,你就去做个律师吧,也别做什么死磕律师,咱磕不起,有口饭吃就好。"

"是么?"

"他什么都知道。"小勇望着船头,无奈地笑。

咏立感到心酸,就用了安慰的语气对小勇说:"嗯,做律师挺好,"她伸手将小勇的手用力地握了一握,道,"你能成为一个好律师!"

马德婶听到了咏立和小勇的谈话,她什么也没有问,一直看着窗外空荡荡的海面。船头犁开的雪白的浪花偶尔扑到舷窗上来,模糊掉她的视线。和马德不同,马德婶从不为小勇的将来忧心,她不担心她的小勇没老婆,也从不担心她的小勇会没饭吃。自己这样什么都没有，只有一双手的女人都没有饿死，何况有文凭又懂事的小勇呢？不过，小勇的话也印证了那个四川女人所言不虚。前不久的一个晚上，她睡得正好，马德的手机突然滴滴作响，马德婶爬起来看，是那个四川女人发来的短信。四川女人说："孩子找不到工作，你心里不舒坦才喝的，可不是我要你喝的，你别怪我啊。"马德婶毫不客气地回了她一句："婊子，你赶紧下来陪我吧，现在我不喝也舒坦了。"那是半夜里呢，那女人有没有吓个半死？马德婶想想就要笑。马德婶想起她和马德的第一次见面，那年她才十七岁。夏天的傍晚，她在会场村的滩涂上挖完文蛤，上岸回家时遇到了马德。那时的马德比现在的小勇还要小两三岁，和小勇一样高，但比小勇黑，也比小勇壮。马德光着一双大脚，拎着一网兜刚买的土豆、白菜风尘仆仆地往码头去，看见马德婶后，他掉头就跟上了她，一直跟到她家。年轻的马德双眼炯亮，意气充沛得像只小海马，自以为有数不清的好事情在前头等着他……马德后来还给她写了首诗，二十多年过去了，马德婶还记得其中的两句："上天突教痴心起，一眼足以许平生。"经过了这些年，马德婶不知道他们算不算是彼此许了平生，按照黄山村的规矩，马德死后应该躺到山坡上的茶园里去，而她呢，接下来她就是再找个老头混过余生,末了的时候也得躺到马德身边去。可现在马德选择葬在海里……

船终于停了下来,四处水茫茫。

发动机的轰鸣消失后,低沉的哀乐响起,这时,一路都很平静的旅客仿佛如梦初醒,船舱里开始有了哭泣声。工作人员在广播里喊话,招呼大家出去排队。两侧船舷都已安装好升降祭坛,人们排着队把盛着亲人骨灰的莲花盒放到祭坛上,祭坛慢慢沉到海中,只消一个小小的浪头涌来,那朵莲花就在人们眼前忽地消失不见。到马德时,小勇搀着泪如泉涌的马德婶趴在船舷上,看着马德一点点往海里沉下去。咏立只是瞧着,默默让到了一边。

"你写什么?"如果马德活着,如果他再这样问她,也许她会笑着这样回答他:

"写令人心碎的人生。"

2016年1月8日于原乡

往事一页

"保卫祖国的时候许多事情被忽视了,至今,我们也没有予以认真思考……我们这些工匠和商人肩负了拯救祖国的使命,然而这样的使命我们却担负不起。我们从来没有夸过口,说自己有这般能力。这是一场误会,而我们却要毁于这场误会。"如果在某次阅读中,你突然遭遇了这样的句子,你会怎样呢?会不会像我一样,脸泛红晕,猝不及防?又或者,默默把书合上,装作只是平常?

我还记得那天,你照例穿过大半个城市来看我,你给我带来了几盒你亲手做的手切糕，装在一只纸袋里，不用打开我就知道那是什么。每年冬至过后你都要做上一大袋，用最好的贡胶，够我吃到春上。你推门进来时，那本书正摊开在我膝头上，我看着你向我走来，你把纸袋递给我的保姆小云，替我把书合上。

"近来好么？"你像从前一样亲切地问候我，你的目光如手，温暖地抚过我发热的面颊。

我很想跟你谈谈那几个句子，一本旧书，几个宛如初遇的句子，可是我却不知从何说起，它们唤醒了我心里尘封的往事：我们曾自以为是，我们曾夸过口，我们曾以为自己有这般能力。可踌躇很久，最后我只是说，很好，你们呢？

当然，你们也很好。

接下来的一切都像从前一样，我们一起吃晚饭。晚饭过后，小云给我泡了一杯红香螺，给你的是龙井。是的，我们不再喝酒，有许多美好事物，我们的身体都已不能消受。喝着茶，我们一起看中央电视台的晚间新闻，对我们来说，这世界已变得越来越陌生，它正在离我们远去，除了努力去和它构建一种牵强敷衍的关系，使自己看上去不那么老而愚蠢，我们还能做些什么呢？新闻很快就结束了（到处都有事情发生）。以往，这个时候，你会站起身来，跟我告别。而这一次，熟悉到让人麻木的音乐刚一响起，两个主持人还在一本正经地收拾新闻稿呢，电话就响了。你起身把我推到电话机前，我已猜到是谁——还能有谁，在这样的夜晚，打电话到我家里来？一个中年男子在电话里怯怯地叫我："姨——"你站在我轮椅后面，此刻应该跟我一样，能看到窗外那棵樱桃树，和一片幽蓝的夜空，哦，那种蓝，无比深刻的蓝，深海般的蓝，会像刺痛我的眼睛一样刺痛你的眼睛吗？还是看看那棵樱桃树吧，它长得这么高、这么美，时间在它身上起着美妙的变化，真令人嫉妒啊。那年他种下这棵樱桃树时，我们都还年轻，我们，你和你妻子，我和他，有时候还会有其他朋友。我们穿着肥大的草绿色布军装，在树旁喝酒、聊天，室内的留声机隔窗送来鲍罗丁的弦乐四重奏，有时是巴托克，有时是活泼的卡农，但总是弦乐四重奏——留声机和唱片都是你弄来的，从某座被打砸一空、主人不知去向的房子里——有时我们很兴奋，对未来充满信心。有时我们感到迷茫，对一切都不再认真。他是我们中性格最为孤僻的一个，看上去有些傲慢、冷漠，但还不至于无礼，不至于让我们失掉对他的，亲近。不能不说，时代赋予了他一种奇怪的吸引力，他使我们围聚在他身边，只言片语就能让我们入迷,他供应给我们幻想,他黑眼睛里的火苗能在我们的眼里生出火焰,如果他眼里的火苗熄灭,可怕的难言的黑暗就会像夜色一样将我们淹没。当他对我们报以不明缘由的长久的沉默时,空气就会变得莫名紧张。每当此时,你就会寻找各种各样的话题来使气氛轻松,军区大院里一只瘸了腿的狗,中山公园盛开的樱花树,总督府里水晶吊灯上失踪了的红宝石……有时你会背诵几句经典电影台词,"空气在颤抖,仿佛天空在燃烧。""我们唯一不会改变的缺点,就是软弱!"——你的表演常常结束在他高傲、不屑的眼神里,你窘迫地微笑,尽量装得一切都很平常,一切都无所谓。每逢此时,我就含泪起身,去斟满我们的酒杯,用我自己泡的桂花酒、蜜桃酒,或是稠李酒。是的,刚刚经历的夏天对我们来说是一场灾难,那个女人,我们中学校长的妻子,那个和我们母亲一样和气亲切的女人,她被幽蓝的大海吐出来、丢弃在岸边的样子吓到了我们,不,对他来说,也许他更多的是失望,是恼怒。就像你原本准备大战一场,你披挂整齐,威风凛凛地打马上阵,却发现对方早已竖起了白旗,这多少是有些令人扫兴的吧。经验真是幻想的敌人,那些滋养过神、哲学家和诗人,也滋养了我们的幻想,在那一刻令我们感到了陌生。我们,我,你和你妻子,我们不约而同地转身,跟在他后边,离开了围观的热闹的人群,我们都忘了把脚上的海沙洗净……接下来的整个夏天,我们不再见面,不再去海边。激情过去后,我们变得茫然、伤感。好在夏天很快过去,果实成熟的季节到了!我不知道你们如何度过那些孤单的日子,我独自到处去采摘,去那些空荡荡的校园,还有公园里无人顾及的小树林,在那些地方,许多香甜的果实在枝头静悄悄地成熟、坠落。我把果实带回家,用地窖里我父亲同样早已顾及不上的谷子酒来浸渍它们,时间慢慢改变果实,也改变酒,最后它们融为一体,变成色泽美丽、口感香甜的新品。我们又重新聚到了一起,我们变得没有什么不同。就像被格斗俱乐部收养的孤儿,我们回到这里,像回到我们曾经被训练格斗的铁笼子里。我发现,无论是他,还是你,抑或是我和你妻子,当我们端起酒杯,我们就变得温顺平和,和现如今那些蜜汁里长大的年轻人没什么两样。尤其是他,哈,铁笼子里的温顺的猛兽,虽然出不去,但不再凶猛,不再露出尖牙,也不再露出利爪,不会伤到别人,也不会伤到自己。我们坐在他身边,醉眼蒙眬,一味地品着杯中物,任时间安静流逝……和后来相比,我们在这棵樱桃树下度过的日子,真算得上是一段美好时光。偶尔回想起来,就像打翻一桶刚捕上岸的鱼,虽然我们都有些手足无措,但鱼儿在地上蹦来蹦去,鲜活无比。

有时候,我不知道你为什么还要来看我,你的腿脚不太好了,不能开车,你来我这儿一趟得穿过大半个城市,倒三条地铁线,然后步行十分钟。是这样吗?他离开了,于是你来认领你脆弱无用的姐妹?你还能走,而我,没有人帮助,我连门也出不去了,这真令人羞愧啊。你手上拎着纸袋,风尘仆仆,步履蹒跚,你妻子同意你这样做吗?"我出去走走……"你这样跟她说吗?正如当年他对我说:"明天我得去乡下一趟。"他所说的乡下,可不是我现在所在的安静的城市郊区,而是距这座城市有三个小时车程的山村。明天我得去乡下一趟。是的,自从他无意中路过那个小山村后,他总是这样对我说,仿佛明天形势紧迫,不去不行。当然,只要他开口,我总是会在"明天"放他"去乡下一趟。"他是我丈夫,可他是自由的。我懂,我们都懂。实际上,洪水一样凶猛无序的青春过后,我们还有什么可纵容、宠溺的人?朋友已经一个都不在了,除了你,还有你妻子,你们是这世上唯一会给我打电话的人了。当然,还有电话里的那个中年男子。

我挂掉电话，你就要离开了，时间到了，你得回家去了，你的妻子在家里等着你呢。你要再步行十分钟——来时是明媚的黄昏，去时已夜色阑珊。你的鞋底会沾满我家门外那条乡间小道上的泥土，倒过三条地铁后，进家门之前你需要在门外跺跺脚，以确保鞋底上的泥土都抖落掉，不弄脏你家价格昂贵、花色艳丽的土耳其羊毛地毯。这真是讽刺！年轻时我们鄙视的一切，后来却成了我们生活中不可或缺的一部分。

"有什么事吗？"我放下电话，你有些担心地问。你看了看墙上的钟。

达娅的儿子，是的，达娅，保尔·柯察金最终选择的伴侣，你和我背地里都这样称呼她，那个山村女教师，那个年轻时就失去丈夫，一个人拉扯大儿子，一个人坚守住一个小学校的了不起的女人，她是她生活里的英雄。达娅的儿子在电话里说，他的墓地马上要拆迁了，他不幸葬在了刚被冠以四A级国家风景旅游区的交通要道上，有一条规划中的栈道正好要通过他的墓地。想想吧，如他生前所愿，他的墓碑上刻着"拜托，别再惊醒我。"像个请求，也像个警告。不管是请求还是警告，现在，我们都不得不惊醒他了。我在电话里对达娅的儿子说，明天吧,明天我再给你回话。又是"明天",好像到了"明天",我就能想出什么别的解决良方似的。

"这是没有办法的事。"你沉默了一会后,说。

我记得,很早以前我们就谈论过身后之事,我,他,还有你和你的妻子。刚退休的那阵,我们结伴去西藏旅行,我们坐在羊卓雍湖旁边,看云朵的阴影在如茵的草地上飘动,苍鹰飞过,蓝宝石一样的湖面上留下了它们神灵般美妙的身影。我们谈到了身后事。你说你想葬在一座雪山上,你的妻子深情地看着你,说她从未想过这事,但一切照你的意思办就好。她真是一个好妻子,毫无保留地将她的一生交付给你。只有他沉默着,我记得当时他抽着烟,看着羊卓雍湖发呆。在我们三个讨论得最热烈的时候,他不无嘲讽地插嘴道,这有什么好谈论的?他的语气里有一丝轻蔑,似乎我们在谈论一件愚蠢的事情。死后如何,这不是他要想的事情,肉体的最终去处在他看来不值得关心。是的,那时他还没有去过那个小山村,也还没有遇见达娅。没错的,他是个唯物主义者,是个可以说得上彻底的唯物主义者,心中没有鬼,也没有神。可最后,我们四个人中,还是他最先想好了要如何处置自己的肉身。他给自己选了个地方,在达娅学校对面的小山坡上,隔着一个小小的明净的湖,能听到孩子们朗朗的读书声。也许他早就在渴望这样一个地方，来安置自己那颗无法安静的老灵魂。他甚至都没有问过我，就在自己身边给我留了一小块地方。你能说清楚他这是怎么一回事吗？他找到了他的达娅，他还需要一个冬妮娅？同案犯终究要合并归案、葬于一处？是的，他曾若无其事地问过我，你想在墓碑上刻句什么话？我说，无可奉告。他笑了，他以为是无可奉告。

明天，明天我要怎么对达娅的儿子说？也许，我会说，"好吧，我同意拆迁。"就好像我真的具有某种审批权。也许，我应该再加上一句"请将他葬在你妈妈身边"？这个继承了妈妈的小学校的中年人，清明节墓前放什么花都会打来电话咨询的谨慎而胆怯的中年人，他会感到意外吗？他会不会觉得难以接受？

有件事我一直没有告诉你，我曾去过那个小山村，在又一个他"得去乡下一趟"的"明天"。我坐在租来的小车里，偷偷跟在他的摩托车后边。一段令人头晕到呕吐的曲折旅程过后，我看到了一幅如画的风景，那真是个美丽的地方！我远远地瞧见达娅从教室里跑出来迎接他，她从他的摩托车后座上取下一只装满书本和文具的麻袋，她用两只手抓住那只麻袋，将一只脚插到袋子底下，然后，她身子一弓，脚一抬，就把那只麻袋轻松地甩到了肩膀上。他拎着另外一只麻袋，温顺地跟在她后边。哦，钢铁做成的老保尔，像只温顺的小动物般跟在达娅后边！真应该让你也见见那幅画面！真应该让你见见达娅。你知道吗？他曾对我说，说她才是真正的革命家。是的，她的学校在她活着的时候从未中断过读书声，随便哪个时代都无法撼动她。她是一个意志坚定、结实、面色红润的女人，一个人就能将一场革命进行到底。她修正了他一生中最大的一场误会。当然，她也绝对不会像我这样患上令人脆弱的贫血症。有时候我真为自己感到庆幸，在他活着的时候，我还不需要轮椅，也不需要小云。

"事情还能怎样呢？"你说。

你站起身，从门厅的衣柜里取出了你的风衣，你穿戴整齐后，指了指餐桌上你带来的那只纸袋，你说——你站在门厅里，灯光落在你的肩头，使你看上去像个会发光的天使。你说，记得吃哦。像在叮嘱一个孩子。你也叮嘱小云，要将手切糕储存在冰箱里。

"今年的口味和去年略有不同。"你拉开门，临出去时又扭头对我微笑："猜猜，今年我加了些什么？"

你刚出门我就让小云拿了块手切糕给我。你相信吗？第一口就让我知道今年你加了些什么。亲爱的，今年，你加了些玫瑰花粉。

2017年10月16日于蓝山

路过是何人

二位请、请进!

饺子立马就好，请先喝杯茶解解乏。客人您好眼力！是的，我这店是百年老店，货真价实的百年老店！您瞧这副老牌匾，香楠阳刻，红漆泼衬，多少年前的手艺！方圆百里找不出第二块。您这一路上看见了不少百年老店吧？东街何师傅一天能刻一百多块有"百年老店"四字的铜字招牌呢，各种字样儿，随便挑。现如今这世道，不好说，别人嘛，我也说不好，我单说我自己——您瞧我这饺子！您瞧我这饺子上的褶子！可不是一般的褶子，有名有姓儿，叫个"马氏绉纱褶"，《澧洲志》上白纸黑字记着的，这可是我婆娘他们家祖传的手艺。我原本不姓马，这"马小二百年煎饺"的马，是我婆娘家的姓。嘿，是的，我是上门女婿，嘿嘿。不是我吹，我们这煎饺的手艺不是一天两天练成的，到我和我婆娘手上都传了六代了，镇长、书记还有所长们都常来的。今天早上他们还来过呢，瞧！您瞧这地上的烟头，中华的是镇长的，镇长抽中华，书记喜欢芙蓉王，工商所长抽精白沙，我小二不是瞎吹，这镇上，人人都晓得的，小二我不是个扯谎的人。

　　您先喝口茶。是的，暂时我们只有白菜肉馅的煎饺，客人您下次来，就可以吃上鱼肉馅的煎饺了。我们镇上的鱼老板陈七，在乡下水库里养出了扁担般长的四鼻金色鲤鱼，从鱼身上抽出来的腥线，做得了裤腰带。去年，陈七老板的鱼拿了个什么博览会金奖，政府要搞产业一条龙，很快，这一镇的人就要和鱼打上交道咯。我们要卖鱼肉煎饺，镇上还会有鱼肉米线、鱼肉锅盔、鱼肉火锅、涮鱼肉、炸鱼肉、烤鱼肉、鱼肉糕、鱼肉面、鱼肉丸子鱼肉干什么的。鱼肉煎饺目前我还没做过，不敢说，但是这白菜肉馅的煎饺，等我煎好这一锅你们尝一尝就晓得了。我看你们也是见多识广的人，哪样好看的没看过？哪样好吃的没吃过？神仙也欺哄不了你们的，我有这个自知之明。不是我吹，我这白菜肉馅的煎饺可讲究，白菜呢，是我们自己种的大白菜，肉，绝对不是死猪肉，也绝对不是血脖肉，我拿我的脑壳打包票！我这煎饺都是现包现煎，不是那些一水儿包出来撂冰柜里冻着的，一镇的人都晓得的，我婆娘天天从早到晚坐这儿包饺子，好比老母鸡抱蛋不挪窝。您别看我婆娘人长得黑糙，手也不白净，可我婆娘特爱干净，包的饺子就更干净，你们闭着眼吃都行。不是我吹，我婆娘这一手这包饺子的手艺方圆几十里难找——婆娘你白眼我？嘿！黑糙是事实嘛，要我睁眼说瞎话？我又没有嫌弃你，你瞧你！我这不还夸你手巧嘛！嗨！瞧，瞧瞧，倒又笑了，女人心性！

是的，我们这个小镇叫太平镇，都说很快要改名鲤鱼镇了。你们刚刚路过的那座桥叫太平桥，也都说要改名鲤鱼桥。这些都是老百姓的闲话，政府不发文，就当不得真，您随便听一听。你们是头一回路过我们这里？你们从荆州来？还是从宜昌来？你们要到哪里去？过常德，去长沙？还是再往南走？你们的车牌是湘N，湘N……嘿！你们是怀化人——我们这里很少有怀化人路过。怀化距我们这里可不近，怀化往西就出了省界，往东就是邵阳，邵阳往东就是衡阳，衡阳往东……邵阳人恶得很！"暮投石壕村，有吏夜捉人"，邵阳的计生干部原先白天也捉人，现在不兴捉人了，改罚钱，破财能消灾，也是好的，也算是个道理。外面的事我多少晓得点，虽说我只是个卖煎饺的，但我每天看新闻联播，关心国家大事，天下兴亡，匹夫有责，不能不关心国家大事。您问河里怎么没有船？嘿，不是所有的河里都有船的嘛，不过这河里原先倒也有船——婆娘你起身把狗赶一赶——以前有人从河里挖沙子，用船拖到津市去卖，也有人拖过津市下洞庭去卖，后来政府不让挖沙子了，说是再挖河岸就要垮了。您别看这河水不宽不急，可不敢随便下去，河底到处都是挖沙留下的坑，大坑套着小坑，水在底下是打着旋儿流的，人一不小心就给旋到坑里去，河里年年淹死人。游出来？怎么游出来？坑那个深哦，鱼下去也游不出来！去年还淹死了一个小女孩子，东街的，花朵儿似的，到河边摆个脚，滑下去就没了。人啊，值个什么。打官司？客人您这个说法好稀奇，死生有命，怪不得别人，打什么官司咯。年年淹死人的，没一家打过官司。告谁？挖沙的？嗨！人家早都不挖了。告政府？瞧您说的，政府又没有叫你下河玩水，这事跟政府可沾不上，再说了，谁这么有能耐跟政府打官司？是的，您说的也对，总要讨个公道。只是小百姓么，自古都是讨米易、讨公道难，唐宋元明清，公道讨不真。不过呢，公道也不用讨，古人不是说了么，公道自在人心。是的是的，古人也说了，世间最是人心恶，万事还需天养人。人心这个东西最是靠不住，人心——客人请放心，我们这里的人，心地都厚道得很，你们路过也好，歇下来耍两天也好，不会有什么事的。退一万步说，真要遇到点什么事，您就去派出所找王所长，什么事他搞不定？王所长可不是一般人，他当所长这些年，这镇上可以说是风平浪静的，刚刚又打过黄赌毒，真真是太平得很！你们可以找个旅社，过一夜，明天顺道去城头山把古文化遗址看一看。城头山晓得不？国务院批准的国家级古文化遗址！总理亲笔题字！方圆千里独此一家！中国最早的城市不是北京，也不是上海，而是俺们这城头山，别看它现在是个荒山。世界上的事，都是三十年河东三十年河西——婆娘你先不要包饺子，起身把狗远些赶——刚打过黄赌毒，清静得很，你们只管歇一夜，把中国最早的城市看一看，不怕路过，就怕错过。一会吃完煎饺您去西边街上转一转，西街人称小东莞，洗脚按摩的二十四小时不歇业，吃完煎饺您可以去捏捏脚。哈！太太您放宽心，刚打过黄赌毒，这段时间是真捏脚……婆娘你说什么？王所长的狗？阿黄？明明是只黑狗嘛！婆娘你的眼珠子只怕是被玻璃划了吧。对！对对对！阿黄是王所长以前那只狗，王所长现在的狗是只黑狗，瞧我这记性！婆娘你看清楚了？真是王所长那条阿黑？快！快快快！快把昨天剩下的煎饺扔几只给它。客人让您见笑了，镇上狗不少，不是每只我都认得的。狗跟人一样，也是各式各样的。梁师傅说大鼓书，鼓王，好人才，好声调儿，"坟前摆祭品悲声告禀，尊一声老祖宗在天之灵……"听的人没有不哭的。你们若是感兴趣，明儿下午可以去梁师傅的茶社听听书，他的狗识得字，晓得"杨门女将"、晓得"战太平"。鼓书牌子丢在一只竹筐里，今天讲哪本，狗就叼出哪本来。王所长的狗来头大，警犬的种，看着有些怪模怪样的，屁股后挫，腰子是塌的，像压了块砖头。可王所长这狗着实厉害尊贵，只吃肉，不吃屎，人都说是只好狗！

　　哎哟王所长，路过是何人，我还真有些说不清。一男一女，三十多岁的年纪，两人都是一身黑色运动衣，男人头发很长，脸上有道疤，看上去也不像坏人，和气得很。疤是什么疤？疤应是伤疤，不像是从娘胎里带来的，从额头到右耳，一拃长，可能是刀疤，也可能是摔伤后留下的疤。所长您莫怪,夜里了嘛,我老眼昏花的,看得不很清。话都是男人在说,问东问西的。女人斯斯文文,看样子像是读过书,一共说过两句话,一句夸我的煎饺,"酥脆鲜香,真好!"走的时候对我说"谢谢",哎呀!我卖了二十多年饺子,头一回听到客人对我说谢谢。

所长,我哪敢欺瞒您?您还不知道我小二么?您要我往东,我什么时候往过西?您要我往西,我什么时候往过东?那男人一共问了我五个问题,一个不多,一个不少,小二我记得清。第一个问题,饺子什么馅?我说是白菜肉馅的。第二个问题——我不是说白菜肉馅嘛,男人又问,肉是什么肉?这个问得好稀奇!还什么肉,难不成是人肉?一镇的人都没有这样问的嘛,哪个不晓得是猪肉!我就告诉他是猪肉。猪肉没事,猪肉他们都吃。第三个问题,河里怎么没有船?河里好多年都没有船了嘛。第四个问题,我不是说河里早都没有船了嘛,那男人就问,原先那些跑船的人呢?我就告诉他了嘛,胡四包了中巴车,跑车不跑船了,胡五前年得了肝癌,死了。他听了点了下头,没有吭声。说到这里我的饺子也煎好了,我就给他们上了一大盘煎饺,六十只,没一只不是金黄的,也没一只是煎破了的。我婆娘还给他们一人上了碗青菜萝卜丝汤,那男人就不再问什么,埋头喝汤吃饺子了。女人吃得很斯文,男人的吃相就像个饿痨鬼,六十只煎饺他少说也吃了四十只。他吃完煎饺喝完汤,还打了几个很响的饱嗝。我和我婆娘都笑了,客人吃得好,我们高兴嘛。那女人也有些不好意思地笑了,她把水杯推到男人面——是他们自己的水杯——他端起来喝了几口,饱嗝就止住了。止住了饱嗝男人接着剔牙,男人的牙可能不太好,吃东西容易塞牙缝,当然,也有可能是我们饺子里面的肉太多。男人剔完牙又点了支烟来抽,他一连抽了两支。他不抽白沙不抽芙蓉,他抽的是黄鹤楼。如果我婆娘昨夜儿偷个懒,不扫地,您这会儿就能看到两只黄鹤楼的烟把儿,颜色比白沙的要深,比芙蓉的要浅。好的所长,言归正传,不扯烟把儿。他们到底几点走的,我是真说不清个准点儿。搞了一天生意了,人也累得差点成两截,哪里还有精力管它几点钟!再说我这小店里也没个钟。我只记得那女人吃得很斯文,我和我婆娘一边收拾东西,一边准备打烊,我们收拾好了,那个女人才吃完。夜都深了嘛,左邻右舍都关门歇业了,狗也都各自归家了嘛……狗!对了!狗!所长,要想知道他们到底几点走的,问问狗就晓得了——不是开玩笑,您可千万别生气!您先喝口茶,听

路过是何人 | 一九五

我慢慢说。所长您办案，我哪敢开玩笑？借小二八百个胆子，小二我也不敢啊。我昨夜打烊迟，这一男一女是最后一拨客人了，左邻右舍都打了烊，镇上的狗最后就都聚到我这来了，它们就坐在门前这有光亮的地儿上，个个支着两条前腿，身子挺得笔直地望着我和我婆娘。嘿，您那条爱犬阿黑，昨夜也在这，我婆娘还丢了几只煎饺给它，它吃得很欢。一镇的狗，数阿黑最知味，它天天来。别看我婆娘女人心性，平日里过日子抠，可对阿黑，她是真喜欢，哪天不就顺手丢几只饺子喂它？那一男一女和阿黑是前后脚离开的，不同的是他们往东，阿黑往西。阿黑回派出所的点儿，如果您还记得清，那就是这一男一女从我这走人的点儿。他们上了车，方向盘一打，"呜"地一下往东街去了。至于他们往东去了哪里，这我就说不清了。是的是的，一共五个问题，我只说了四个，我没有忘记，您不提，我也要跟您汇报第五个问题，这么重要的事，我怎么可能忘记嘛！那男人抽着烟，女人也吃完煎饺了，女人就用男人面前那只杯子里的水漱口，他们用同一个杯子喝水，也用同一个杯子里的水漱口。女人漱完口跟我婆娘结账，她递了张百元大钞给我婆娘，我婆娘找了三十五块给她，六十只煎饺六十块钱，青菜萝卜丝汤两块五一碗，平日里怎么卖我昨夜也是怎么卖，做生意童叟无欺，不杀熟，不欺生，这一点我小二还是相当过得硬的。那男人抽完第二支烟，他起身把烟把儿丢到地上，一脚踏上去碾了碾。男人冲我招了招手，我以为他还想要点什么呢，就赶紧走过去招呼他，男人就问了我第五个问题。男人看着我，慢悠悠地道："明天，如果有人问你有没有见过我们，你打算怎么说？"语气和气得很，就像在跟我打商量。可是他话里有话啊，这让我心里直敲鼓，觉得不对劲儿，莫非他们后面还跟着冤家对头？江湖上跑来跑去的人，惹上什么事也是常有的嘛。但我转念又想啊，他们有冤家对头干我卵事！我做我的生意，门一开，来的都是客！再说我们太平镇，外边儿爬来的螃蟹也敢横着走？有王所长您在，我信他这个蟹（邪）！于是我就应付着回答他："就说没有见过你们嘛！放心咯，我这人最大的毛病就是记性差，每天来吃煎饺的人那么多，我怎么记得清！""很好！"他说。他连说了两个"很好"，然后就带着那个女人往东去了。我和我婆娘赶紧收拾收拾，关门歇息。我一觉睡到天亮，身都没翻一下。要不是您来问我，我哪里晓得昨夜陈七老板耳朵被割了？两只！一只都没给陈七老板留下！日他祖宗！太狠了嘛！做人这么狠，迟早遭报应！

众街坊，散了吧，快回去搞自己的生意去吧，问来问去的，有什么好问的嘛！我们做一天事赚一天吃喝的人，管恁多，岂不是六根指头挠痒痒——多了一道么！不过，你们要是一人来盘煎饺，坐下来边吃边扯白话也是可以的，这我还是欢迎的，小二我再忙也奉陪。你们都别笑，我说正经的，你们就是每人都来盘煎饺，我也要把丑话搁在前头，我晓得的我刚刚都告诉王所长了，我不晓得的你们再问也白搭！煎饺吃完了我可以再给你们做，话说完了我到哪里去给你们搬？我小二可不是有这种本事的人！我晓得你们平时都嫌我话多，嫌我嘴上不牢靠，背地里叫我"马碎嘴儿"，我可是告诉你们，我话多是多，可没一句是乱讲的！小二我根本就不是那种人！

是的！我也听说一只耳朵丢进了派出所大院，一只丢到了鲤鱼池。我还听说那坏东西临走前丢下话给陈七老板："耳朵我有，我不要你的，明儿一早，你去找你的鱼要，你去找派出所要。"是的，丢进派出所大院的那只没找到。被狗吃掉了？啧啧！这是极有可能的！一镇的人都晓得嘛，王所长那狗爱吃肉，它能放过那只耳朵？不能嘛！丢到鲤鱼池的那只今早找到了，陈七老板家的伙计杀了百十条鱼，最后在一只三十多斤重的大鲤鱼肚子里找到了，和一团草料裹在一起，还是完整的一只，就是比先前大了些。可惜的是，镇医院的医生说接不上了，在鱼肚子里泡发了。山外有山人外有人，陈七老板这样好身手，都吃了这样大的亏，哪个想得到嘛！我见陈七老板动手，还是那年在鱼码头打小叫花那回，得有二十来年了吧？陈七老板只一脚，那小叫花直接飞到了十米开外，怀里揣着的几条鱼当场跌出来，好一个人赃俱获！小叫花满脸是血，在地上躺了半天。后来他爬起来，扶着鱼码头那排杨树，慢慢挪到胡四的运沙船上去了津市，再没来过我们太平镇。能让陈七老板吃亏的，看来是个狠角色！绝对的狠角色！一镇的人都晓得的，陈七老板人住在鱼档后面，窗户上装的是拇指粗的实心不锈钢护栏，可里外两道铁门，外加一道拇指粗的不锈钢护栏都没能挡住他们。狠角色！王所长说现场第一目击者是陈七老板家的伙计，今儿清早，天还不很亮，那伙计去鱼档时，见大门洞开，无人应声，壮起胆子走到后屋，开灯一看，只见椅子上绑着陈七两口子，都瘫软如泥，胶带缠嘴，陈七老板还肩扛两片血红，可把那伙计吓得不轻！绝对的狠角色！

没错，你们说的没错，他们开着辆黑色旧桑塔纳，一镇的人都看见了嘛。车就停在巷子口那棵樟树下，距老刘的烤肉店最近。从我这里只能看到车屁股,我看到么子?我看到满车屁股都是泥!车牌子你们看清了?我反正没看清,我只看到"湘N"两个字。王所长从老刘那问过来的,有什么他不知道?有什么事能瞒过他?他没有问我车的事,摆明他晓得我不晓得车的事嘛。车牌是怀化的,这没错,但我不知道他们是不是怀化人,他们没说,我也没问。没错!他们是到我店里吃了份煎饺,喝了两碗汤,每天到我店里吃煎饺喝汤的人有多少!我是卖煎饺的,就只管卖煎饺。没有!他们没有问过我任何跟陈七老板有关的事!绝对没有!我也没跟他们说起陈七老板,我有日子没想起陈七老板来了。陈七老板他不怎么吃煎饺,我做煎饺只用猪肉不用鱼肉,我有日子没去陈七老板的鱼档买鱼了。一想到从明年开始我每年都要从陈七老板那拿一千斤鱼——我不晓得你们,反正我现在是这样的,我馋鱼了我先把我的嘴巴扇两下,吃鱼的日子就在后头呢!急什么?你们也别笑话我,我们做吃吃喝喝小生意的人,除了晚上困的女人不一样,日子过得一样一样的。老赵,像你顿顿米线一样,我顿顿煎饺,没卖完的,是我的,客人没吃完的,是我的,煎破皮的,是我的,没破皮,煎煳了的,也是我的,吃得我喊爹喊娘。我都不晓得鱼长什么样儿了,我哪里想得起陈七老板来？瞎扯！这对男女穿的就是一身普通黑色运动衣嘛，还黑披风！你以为他们是蜘蛛侠？狗日的老张你真能胡扯，连夜行衣都扯出来了，如果他们穿的是夜行衣，还会让你看见？如果他们穿夜行衣，那他们就不是一般的狠角色，他们不是一般的狠角色，那陈七老板丢的恐怕就不是耳朵，而是脑壳！胡扯！纯属胡扯！我真没看到男人腰里别什么刀子，他手里就拿了个保温杯嘛，不锈钢的。女人背着个双肩包，不大，猪肝色，包里装什么东西我就不晓得了，她一直把包搁在膝盖上，我没见她打开过。他们在我店里吃煎饺时倒还是客客气气的，钱也一分没少我的，那女人临走时还对我和我婆娘说了声谢谢。我骗你就是你养的！知人知面不知心，哪个晓得他们是这样的人？我是真没见他们携带什么凶器，胡扯！真他妈胡扯！他拿刀子剔牙？我给你把刀子你试试？王所长不是说了嘛，割耳朵的刀子是陈七老板自己的刀子，杀鱼刀。听说那坏东西先是抄起一把鱼鳞刨比划了下，鱼鳞刨啊！那一家伙下去，陈七老板的脸蛋还不得变腰花？陈七老板也吓坏了，求饶道："好汉，给个痛快！"听说那挨枪子的还笑了，就手又换了把杀鱼刀。陈七老板新买的杀鱼刀，大拇指宽，一尺来长，刀尖上挑，飞快的！镇上很多人都见过，陈七老板花了不少钱买来的。听说那刀有三样好处，一是削铁如泥，一是吹毛得过，没错！另一样好处就是杀鱼不见血，看来人人都晓得这把刀。削铁如泥听说没试过，陈七老板舍不得。吹毛得过，陈七老板在菜市场耍给大家看过，用鸡毛？南大街凤泉照相馆的老王说了，用的是毛屠夫他婆娘的头发，一吹即断！杀鱼刀上不沾血，那见过的人就多了去了。几十斤重的鲤鱼，从鱼尾到鱼头，一气儿拉下去，跟划块豆腐差不多，刀子抽出来后，鱼还是整的一条，看上去毫发未伤，光是鱼嘴巴直咧鱼眼珠乱翻，害冷一样浑身打战，可用手就鱼鳃一提，嗬！好家伙！鱼早都分成上下两片了！刀子呢，干干净净，像道白光耀人眼目，一滴儿鱼血都不沾的。现在这把刀子已是犯罪证据，王所长他们已经把它用干净的塑料袋子装了，派专车送到县公安局去查指纹，只怕一时半会回不了陈七老板手里。今儿一早起来，一镇的人都在说这把刀呢，人人都说是把好刀！

嘘！婆娘，你先把手上的活儿放一放，为夫的有几句话要跟你讲。一会儿来吃煎饺的人，少不得问东问西，你只管把嘴巴闭紧，日后也休得跟别人提起！你可晓得？时代发展了，国家的法律也越来越齐全，现在有管杀人放火的法,也有管乱讲话的法。去年底,有个唱歌的女人乱讲话,不就给抓起来了么?莫以为动动嘴皮子不犯法!你撇什么嘴?陈七再活该,你也不能撇嘴!你完全没有意识到问题的严重性!你现在在我面前撇嘴,将来到了别人面前,你就会不自觉地撇嘴!你以为撇撇嘴没事么?撇嘴就是无声的说话,你一撇嘴就能让人看出你的态度,从你的态度就能看出你的嫌疑,看出你的嫌疑就会给我们带来麻烦!我们有麻烦,那我们的生意还怎么做?生意做不了,我们靠什么活?还笑!女人心性!我只问问你,你家这间煎饺铺,在常德城丝瓜巷时多大?现在多大?没错!你还没忘本,还记得!你曾爷爷那阵半个丝瓜巷都姓马!要搁那时你就是马家大小姐,穿金戴银,衣来伸手饭来张口,成天拿个团扇在后花园扑粉蝶玩儿,一双手准保比猪油还白还滑溜,日子过得比梁师傅鼓书本里的崔莺莺不差分毫。我要把你搞到手那我得费多少工夫!我又要去求丫头红娘,我又要会爬墙……你莫笑!我问你,你可晓得为何煎饺铺变得现在这般小?为何你现在要一天到晚坐在炉子边包饺子,给人烧汤倒水忙得脚不点地?就是因为惹上了麻烦事儿了嘛!你曾爷爷当年劳军募捐不积极,得罪城防长官秦团长,是头一桩麻烦事儿,对外说是躲战火搬出常德城，那是打落牙齿和血吞，面子上好听点儿。后来是你爹，得罪消防局……一桩接一桩的麻烦事儿，马家煎饺铺节节败退，从常德城，退到澧州城，从澧州城退到太平镇，煎饺铺就变成现在这般小了。你要晓得，但凡生意，都是从小到大难，从大到小易，从小到无更易！别的不说，光是王所长每天喊你去问几趟话，我们这小铺就得关门大吉。我可不是在吓唬你！得，闲话少扯，接下来，我有三件顶顶重要的事交代你，件件你都要给我记得清：

一，要提防邻里、提防狗。这件事情蹊跷多，那对男女是深夜里过来的，那会儿大家都在要打烊还没打烊的点儿，他们从巷口过来，要经过老刘的百年烤肉店、老赵的百年米粉店、阿毛百年钵子馆、胡四媳妇百年老鸭店、徐记百年排骨米饭、好再来百年狗肉馆、锦上花百年土鸡馆、大富豪百年火锅店，然后才是我们这百年煎饺店，难道那些店他们都没看中？偏偏就看中了我们的煎饺店？他们偏偏就只想吃煎饺？我们的煎饺好是好，可他们两个过路人，晓得什么嘛！平日里来个过路客，这街上哪回不演一场饿狗争食？老刘弄不进去，老赵也会弄进去，老赵弄不进去，阿毛也会弄进去，阿毛弄不进去，胡四媳妇也会弄进去，哪里轮得到我们马小二煎饺？这里面，绝对有蹊跷！或许，他们早就听到了什么风声，要不就是……是的！你不用这样看我，这不是没可能的，一条街上混饭吃，你道你就晓得他们都是谁？百年老店新开张，小狗急了跳高墙！是的！他们……没准就是！先不说老赵，老赵这人看不穿，海底针，藏得深。其余几家吧，阿毛老家有鱼塘，胡四一家住河边，要做鱼生意，还用找陈七？狗肉店、烤肉店、老鸭店里卖鱼汤，多恼火！婆娘啊，凡事要往坏处想、往好处行，自今往后，到点打烊，左邻右舍，少去串门！你啊，你可都记住了？

也要提防狗！那一男一女只要了六十个饺子两碗汤，我们卖给他们的绝对不是九十多个饺子，价钱也不是抹零后一百，你最后还给他们找了三十五块。这件事很重要，你可记住了？你要晓得，昨夜啊，一镇的狗都没有叫！只有一只狗叫，或是只有一只狗没有叫，这都是正常的，可镇上三十多条狗，一只都没有叫！这就是件大事！今早王所长来问话，我小心又小心，还是有说不到位的地方啊，我实在不该说全镇的狗都到我们这儿来了。智者千虑必有一疏，唉，现在唯一的办法，就是只承认你喂过狗！刀架在脖子上，也绝对不能说那女人给狗喂过饺子！我们的饺子绝对绝对不能沾上这个事儿！你说你我还有什么？除了饺子？给狗喂饺子的是你不是她！而且你只喂了阿黑！给全镇的狗喂煎饺？这怎么可能！我们哪里有这么多煎饺喂狗？再说你天天都喂阿黑的，一镇的人都晓得的，你要想在喂狗的饺子里动手脚你早都动了，何必等到现在！别人问到你，你就照我的话讲，就阿黑吃了几只煎饺，其他的狗想都别想。照我的话讲没事。别人要是还问你有没有听到狗叫声，你就讲，搞了一天生意，累得要死，一觉困到天亮，不晓得到底有没有狗叫。这都是实话嘛，我们确实累得要死，确实不晓得狗叫了还是没叫。这是实话，凭他是谁，说实话我们没什么好怕的！

二，绝对不能再在人前抱怨陈七，也不能抱怨鱼！前天你站在门前那棵杨树下，和胡四婆娘说什么？你想不起来了，我可都给你记着呢。你对胡四婆娘说："姐……"真不知她是你哪门子姐！你说："姐，没办法，这镇子是他陈七的。"这句话我当时听着就不妥，想过后提醒你来着，怪我一忙竟忘了。这镇子是他陈七的——这是句什么话？陈七听到了不会答应你，政府听到了也不会答应你！这镇子到什么时候都是共产党的！他陈七算个什么东西？嗨！我这句话也有不对的地方，不能说陈七算个什么东西，我错了，我改，你可千万不要学我啊。陈七,那是有本事的人!从他二十来岁起,有他做鱼生意,哪个还敢在太平镇做鱼生意?还记得那年跟他抢生意的湖北佬么?鱼码头那一架打过后,湖北佬在床上足足躺了两个月,最后自己养好伤卷包袱走人,悄没声息回他的湖北洪湖去了。湖北佬回去时路过鱼码头,陈七和王所长在树荫下摆桌儿喝酒吃肉,陈七冲湖北佬洒了杯酒在地上,九头鸟的湖北佬把头一低,死人一样受了,屁都没敢放一个!陈七现在是受伤躺在医院里了,你以为你就可以抱怨抱怨陈七了?他又不会在医院里躺一辈子!万一有人把那些不好听的话传到他那里去,他把两只耳朵的账算到我们头上,往我们头上安个"买凶伤人",你我还活不活?也不要抱怨鱼!你晓得不?那男人把陈七往椅子上绑时,陈七求饶道:"好汉,陈七有什么不对的地方,好汉但凡指出来,陈七没有不改的。"你猜那好汉怎么说?他说:"你没什么不对,是我不对,是我闻不得鱼腥味,我一进这镇子就闻到了你身上的鱼腥味,鱼腥味让我恶心。没办法,现在只有血腥味才能止住我这恶心!我止住了这恶心才好接着赶我的路去。"这是原话,陈七的婆娘哭着跟王所长说的,多少人都听到了。明摆着嘛,做这事的人不喜欢鱼,你还敢抱怨鱼?陈七,是真有本事的人!你得佩服有本事的人!我要有本事我也会让每家每户都吃我的煎饺。人这也是凭本事吃饭嘛，人凭本事吃饭你有什么好抱怨的？你得把心态放正！再说，我们做煎饺的，做做鱼肉煎饺有什么不好？也算是创新了，没准鱼肉煎饺比猪肉煎饺还好吃还好卖！卖鱼肉煎饺总强过老赵要卖鱼肉米线，你想想，鱼肉米线，多可怕！可老赵说什么了？人家就当什么事都没发生过，人家今天一早听说陈七只丢了耳朵，还念"阿弥陀佛"，还说一句"人没事就好"呢。所以，不能抱怨陈七，不能抱怨鱼。每年一千斤鱼，你细想啊，那也是好事，真真是年年有余（鱼）！哪个不想年年有余（鱼）？往这一想，你还好意思抱怨陈七？还好意思抱怨鱼？

三，那男人说的话，你要把它们忘干净了。忘不掉？忘不掉就搁进肚子里烂掉！尤其是那男人临走前放下的那句话，"好吧，今晚就感受一下你们这太平世界！"这句话当时听着没什么，现在一想全明白了，这摆明就是要搞事嘛！不光是搞陈七，也是搞王所长，不然他为何要把陈七的耳朵丢到派出所大院里？这是件大事啊！这绝对不仅仅是陈七耳朵的事，王所长能当什么事都没发生过？王所长若是不高兴了，问你我个知情不报你我要如何开交？都是狠角色！走着瞧，后面的事也绝对小不了！我们要格外小心！要是有人问起那男人说了什么，你就让他们来问我，你一直在那包饺子，你晓得什么嘛！说错了话影响王所长办案，你我还活不活？说错了话那男人回头找过来，你我还活不活？那女人说的话，你可以往外说，女人一共就说过两句话，一句夸我们的煎饺，"酥脆鲜香，真好！"走的时候对我们说"谢谢"。今早我跟王所长也是这样说的，你实话实说就好，不要多说一字，也不要少说一字，别看那女人斯斯文文客客气气的，也不是什么好惹的！听说那男人割陈七耳朵时，她在旁边笑得花枝乱颤的。都是狠角色！

以上三件事，你可都记住了？记住了就好，记住了就好，去吧，包你的饺子去吧，我且打盆清水，把这块老牌匾好好抹一抹、擦一擦。天塌下来，生意也是要做的，饭也是要吃的。一张嘴，管死腿，人就是这么个玩意儿！委曲求全不易，明哲保身更难啊，今早上光讲话就把老子累死了，老子还从没这么累过呢！梁小来师傅好儿天说个全本儿，我这一早上就说了个全本儿，活个人容易吗？！梁小来师傅说书，说什么"人生如行船，处处是险滩"。我们这回算倒霉，碰上他妈的险滩了，愿祖宗保佑我们划拉过去！你我不是周王，冲天烽火搬不来救兵，能怎么着呢？我看明儿，咱两口儿得换件干净衣裳，买些香蜡纸扎、时鲜果品，去祖宗坟前摆祭品悲声告禀，求祖宗保佑我俩在太平镇得享太平……急惊风再不济也得有个慢郎中不是？

2014年2月12日于蓝山

神枪手

我妻子听说老张要来岛城后,有些兴奋。老张不是一个人来,"我和我家属预计下周一下午三点到达流亭机场。"老张在电话里说。他还说已在网上订好了接送机的专车,不用我们"跑来跑去"。"鳌山卫镇虚构咖啡馆,是吧?"老张问,临挂电话前又叮嘱我务必把我家详细地址发到他手机上。

"见面聊,伙计!"老张最后说。

我和老张通话时我妻子一直站在我身边,她手里拿着一块抹布,店里的六张桌子只擦了一半,也就是三张。

附近那所大学正放暑假,咖啡馆的帮工小刘回家休暑假去了,擦桌扫地的杂活都得我们自己来做。好在假期,生意清淡了许多,活也少了许多。站在咖啡馆窗前,能看到连接着校园草坪的那片海滩,现在那里空无一人,只有木栈道边的路灯安静地投射着空寂的沙滩。往日这个时候,沙滩上到处是成双成对的年轻情侣,有时,他们的嬉戏声能把海浪声淹没。

"我们得准备些吃的。"等我放下电话,我妻子笑意盈盈地说道。

"还是出去吃吧。"我说。我妻子的感冒咳嗽刚好,我不想她累着了。

"不要紧。"我妻子说。过了一会,她又问道:"老张是湖南人,是吧?"

"是的,湖南骡子。"我笑着说。年轻时的老张性格倔强,故获名"骡子"。

"他老婆呢?那个神枪手?"

我看着我妻子,摇了摇头。我和老张是军校时的同事,他比我大四五岁。他读过四回高三,所以我们同一年地方大学毕业,同一年到军校工作,他分到通讯技术系,教电子线路,我在政教室,教法律基础。那时我们都住在单身干部宿舍楼,是门挨门的邻居。我对他老婆不熟悉，见过不多的几面，只记得人是有些倨傲的。她是广州军区射击队的，拿过亚运会射击金牌，和老张在一次旅途中相识，婚后长期两地分居。我转业的时候，他们正闹离婚。她是哪里人，我未曾留意过。

我妻子好像也并不期待我能回答，她从我身边走开继续擦起桌子来。我妻子说："辣炒蛤蜊、香辣蟹什么的，他们应该会喜欢的吧。"我妻子吩咐我下周一上午去邻近的会场村买些新鲜的蛤蜊、蟹子。这个季节，蛤蜊、海虹、海螺都很肥，蟹子也不错。

接下来直到上床，我妻子都在跟我谈论老张两口子。至于老张两口子为何会突然来访，"看看朋友们。"这是老张的原话。但我妻子却认为是一场时下非常时髦的"说走就走的旅行"，很是有些羡慕。

"我俩的退休金加起来，没他们一个人的多，是吧？"我妻子问。

这是真的。我和老张刚工作的时候都穿便装，穿军装的同事叫我们"老百姓"。我们这些"老百姓"经常穿着大裤衩，脚上夹双人字拖去给穿军装的学员们上课。后来，也不知是谁到底看不下去了，给我们一人发了套军装，将我们收编了事。我记不清那是哪一年的事了。我穿了五六年军装后转业，文职八级，相当于正连，被

神枪手 | 二一三

分到我妻子工作所在地青岛的一家国企法务部，企业编上退的休。我转业后的第七年，老张也转业了，他熬到了副团级军官可以安排职位的年限，到地方当了区武装部部长，正团级任上退休。他妻子也是从部队退休的，正团级。两个正团级军官的退休工资，想想吧！晚饭后，我和我妻子去海边散步，她问我老张有什么爱好？钓不钓鱼？我们一般希望自己的客人喜欢钓鱼，虽然客人我们不常有。如果客人对钓鱼没兴趣，却想去崂山、栈桥、八大关什么的，那对我们来说将会是一件相当麻烦的事。我回答我妻子说不知道老张有什么爱好，不知道他钓不钓鱼。年轻时我们一起喝过酒，打过篮球、唱过卡拉OK，他钻研过一段时间的船载炮，我也曾通宵奋笔疾书写过武侠小说，可我不知道这些算不算是爱好。转业后我们未曾谋面，二十多年了！不过，每年我们都会通上那么一两个电话，寒暄几句，互通下一些战友的消息。散完步回到家里，我和我妻子准备第二天开店要用的东西，我妻子把面粉、黄油、酵母和牛奶按比例放进面包机，预约时间到早上七点。我检查了一下制冰机和咖啡豆，咖啡豆还有许多，我们一个月烘焙一次豆子，上次烘焙豆子时还没有放暑假，我们忘了把暑假考虑进去。"老咯！"我妻子说。忙完这些我妻子泡了两杯淡蜂蜜水，她坚信睡前饮一杯淡蜂蜜水有助于睡眠。做这些事情时她依然在说老张，以及老张的老婆，那个神枪手到底拿了多少块金牌？我记得是两块，我妻子说不只两块，她说她记得很清楚，神枪手告诉过她，"那种玩意儿我有一抽屉！"正说着我们那漂在首都的独生女儿打来电话，我妻子走到窗边去接电话。我坐在沙发上喝蜂蜜水，翻看一本杂志，《中国钓鱼》，听到我妻子回答女儿的问话，"我们都很好，放心。"我听到她对女儿说"放心"，感觉就像她在给我们的女儿喂定心丸。这么多年过去了，我妻子打电话时的声音还是非常特别，在电话这边听起来没什么，只是温软柔和，但我知道到了电话的另一头，她的声音里就多了一种丝绸般的亲肤质感，温暖而柔韧，瞬间就能将你从生活的泥沼里带离。是电波为她的声音增加了某种神秘的魔力，只能这样解释。我妻子曾是我和老张工作过的那所军校的话务员，"您好，解放军科技大学炮兵学院话务台，我是016号话务员，请问您要转哪里？"当年就是这样几句话，无端使我觉得安慰，我被她的声音迷住，有事没事就拨打总机找016。那时部队有规定，教员、干部不得和士兵谈恋爱，老张曾为我打过不少掩护。

"他们结婚比我们早两年，是吧？"我妻子放下电话，转身朝沙发走来时问道。我以为她会跟我唠叨两句女儿的，我们的女儿年近三十，未婚，生活在生存压力巨大的首都，又正处于工作、生活压力都特别大的年龄。不过我很快也想到，即使有什么不开心的事，女儿也不会跟我妻子说，当然更不会跟我说。说了我们也帮不上什么忙，所以她从来不说。这一代独生子都这样。我把杂志丢到桌子上，说："好像是。"我一直等到妻子复员，才公开我们的关系，结婚时我都快三十了，在那个年代算是标准的晚婚。

"明天你就去趟会场村。"我妻子上床后又说。

"下周一下午"下起了雨，老张两口子到达时，我和我妻子撑了伞去车门边迎接他们，虽然我们尽可能地周到，但他们的行李，还有鞋子都还是打湿了。看得出来，他们和我们一样，不如从前敏捷了。进屋后，我妻子递上干净的毛巾，等他们擦干头上的雨水，换上干净的拖鞋后我们才开始互致问候。

"伙计！"老张重重地拍了下我的肩膀，然后我们怀着激动的心情抱了一抱。

"不错！小体型保持得不错！"老张后退一步，将我上下打量了一番后，说。他倒是胖了，头顶也秃了。老张夸完我,又夸了夸016,"不错!还是当年的模样儿!"这有些夸张了,我妻子害羞地笑了。我像当年一样,叫神枪手"嫂子",夸赞她"还是那么英姿飒爽"。嫂子像老张一样,胖了一圈,看得出一头黑发是染的,头顶中间的发际线翻出一道白浪,但她气定神闲的风度犹存,面对我的赞美,她只是微微一笑,宠辱不惊,笃定得很。

"这样大的雨,这里不多见的吧?"等我们到窗边的一张桌子那坐下来后,嫂子看着窗外,问道。有风从海上刮来,掀起雪白的巨浪。雨水一阵阵瓢泼似的扑到玻璃窗上,隔窗也能听到"哗、哗"的声响。

"每年夏天也有几场。"我妻子沏着茶水,说。前几天她从我这获得了我所知道的老张两口子的一些信息,知道他们爱喝茶,尤其是红茶。我妻子沏了一壶正山小种。

老张坐下后,把头扭来扭去地到处看。他的妻子也是。我发现,他们的动作惊人地一致,脸上的神情也颇相似,看上去像是一母所生。——这令我很有些惊讶。完全不同的两个人,在一起过了几十年后,有天,你竟发现他们单在外貌上就那么像。婚姻生活将他们倒进同一个模子里,重新凿过,只能这样解释。我不由看了看我妻子。

神枪手 | 二一七

"不错！不错！布置得挺有品位！"老张敲击着桌面，说。他坐在沙发里，比站着显得还要胖大一些。我坐在他对面，隔着张桌子也能听到他嘶嘶的喘气声。

"就你们俩?"嫂子四处看了看，挥手在面前画了个圈，意思是就你们俩在经营这家店吗？我说是。可我妻子说："我们还有个帮工，是那所大学的硕士生，"我妻子往窗外那所大学的方向指了指，说，"中文系的。她说，她喜欢我们咖啡店的名字……"我妻子还想说点什么，她停下来，看了看我，就什么也不再说了。

老张夫妻俩顺着我妻子手指的方向看了看。"我第一次喝咖啡，还是弟妹招待的。"老张说。

我第一次喝咖啡也是我妻子煮的，她用一个军用挎包把一套虹吸壶带到我宿舍，蹲在地上煮咖啡。我妻子的父亲是海南福山人，那里有种植咖啡的传统，受其父影响，我妻子从小就有喝咖啡的习惯。有个傍晚，我妻子正在我宿舍煮咖啡，住在我隔壁的老张循着香气破门而入，我和016号的地下恋情自此败露。当然，正如我先前所言，后来老张也为我们打了不少掩护。

嫂子问我们还喝咖啡不？"我们这个年纪，最好不要喝了。"未等我们回答，嫂子就挥了挥手，断然地说。她好像没有耐心等我们回答这种问题。接着她很快说起老张来,老张三年前因椎管狭窄做了一次手术,去年因前列腺增生又做了一次电切术,有只膝盖是人造的,心脏也不是很好,头部血管还有两个栓塞,加拿大产的深海鱼油每天都是少不了的……语气自然得像是在谈论自己的孩子。嫂子说这些时老张依然在东张西望,仿佛她说的是与他不相干的某个人。

我也有这样那样的小毛病,风湿止痛膏常贴着,利血平常吃着,我妻子甚至常年在我的床头放着一瓶硝酸甘油,卫生间的小橱柜里也有她为我准备的开塞露。可我妻子什么也没说,她面带微笑地听老张妻子说话,殷勤地为我们沏茶。

"这么多年不见,你们慢慢聊,"我妻子站起身来,说,"时间不早了,我去准备晚饭,今晚就在家里吃顿便饭吧。"

老张妻子也起身道:"走!我去给你搭把手。"我妻子没有推辞,亲热地挽起她的手去了厨房。看着两个女人亲密的背影,你简直无法想象她们之间隔着二十多年的时光。而且,即便在二十多年前,她们其实也并不怎么熟呢。大部分女人都有这种令人困惑的本领。两个女人离去后,我和老张之间的气氛突然就有些尴尬了,我们对视了一眼，笑了，一时都不知道说什么好。

"二十多年了！"老张将身子往后一靠，两手交叉覆盖在随着呼吸不停起伏的肚子上。他微笑着看着我问道："这些年你过得怎样？"

"你都看到了，伙计，"我摊开双手，道，"就那么回事！"

我们都笑起来。记得那年老张新婚旅行回来，我问他，结了婚感觉怎样？他摇摇头，笑笑，两手插在裤兜里起身踱了几步。末了他踢了踢他宿舍墙角的一只垃圾桶，道："就那么回事，伙计，就那么回事！"

二十多年未见，其实我们也有许多可聊的。虽然离开部队多年，但是部队的许多事情依然牵动我们的神经。新式军服的颜色让我们都有些窝火，"没有从前绿了。"军中反腐却令我们都很高兴。老张告诉我，去年他们两口子去了一趟三沙市，代表退转军人看望了驻岛军人。这是一件令人兴奋的事情。"了不得啊，伙计！"提到三沙市老张两眼都放出光来。我们也聊了会老人、孩子。我们这年纪，父母都已辞世。孩子，孩子们都已长大了。我的女儿工作不稳定，个人问题也还没有解决，这是我的心病。老张的儿子是军医，结了婚，但还没有孩子。

"老咯，管不了那么多了。"老张说。

"儿孙自有儿孙福。"我说。

老张突然问:"你还记得小王吗?"

我有些茫然地看着他。

"她不在了……"老张神情黯然,扭头看窗外。外面风收雨住,清爽而又安静。

"你是说、小王?"

老张点了点头。我想起了那个活泼任性、笑起来眉眼弯弯的姑娘,她的布军装总是熨烫得笔挺。我们那时候还没有挺括的毛料军服,发到手的布军装都肥大,很难弄得好看。小王总是有办法把布军装穿得好看,她领口那个三角形自留地每天都要扎条不同颜色的小丝巾,鞋子也非常讲究,她几乎没穿过制式皮鞋。

"什么时候的事?"

"三年多了,三年零七个月,我上个月才知道。听说是一觉睡过去,再没醒来。"老张说这些时依然看着窗外。

"……有福之人啊!"我宽慰地说。

我知道小王对老张来说意味着什么。三年多了,也许他不需要安慰了。看上去他也还算平静。他侧着脸,我看到了他脸颊上几块大小不一的老年斑,面部的肌肉也松弛得厉害,垮了一样直往下掉,全靠着那失去弹性的皮肤兜着。我不由摸了摸自己的脸。小王和我们同一年进校，比我们都小，活着的话今年应该不到六十。

我看了看窗外，问老张："雨停了，要不要出去走走？"

老张摇了摇头，看上去相当疲惫。从前，老张以精力旺盛出名，我们叫他骡子，除了他的倔脾气，还因为他粗壮厚实的身板子，以及超强的耐受力，他可以和我们打一通宵拖拉机后接着去上一上午课，声音洪亮精神抖擞一点不受影响。他这样的疲态我还是头一回看到。不过，毕竟六十多了，再说，从广州飞过来时间可不短，要四个多小时呢，加上去机场和在机场耗掉的时间，也算是一场长途旅行。我不知道老张为何要跑这一趟，转业后我们从前的战友隔几年就会搞个小集会，我一次也没参加过。我是属于转业安置很不理想的，那几年去企业的军转干部很少，我的同事们大多去了政府机关、公检法这些吃皇粮的单位。"那个家伙！不晓得他是怎么搞的！！"——我能想象得出他们提到我时恨铁不成钢的样子。当年我只想着早点和我的话务员，还有幼小的女儿团聚，在转业安置这事上没用心，我承认我确实是"没搞好"。我自己没搞好，接下来我也没能力把女儿的事情搞好，她大学毕业找工作，我什么忙也帮不上，眼睁睁看着她去漂。我唯一的孩子，我的女儿，我原本希望她能有份稳定的工作，钱不一定赚很多，安安稳稳地生活在我身边就好。老张也曾热心帮过忙，"我问问长江他们，大家一起想想办法。"当年他在电话里安慰着急的我。我得说战友们都是热心人，可有些事情就只能是这样。

我把我妻子准备好的水果往老张面前推了推，劝他先吃点东西。两个女人都去了厨房，但开饭一定只会比一个女人单干更晚。——她们应该有许多要聊的，心思自然无法集中在做饭上。此刻厨房的气氛应该亲热而友好，她们会巧妙地互相打探，以对方为参照，检点自己生活里的得失，最后也一定各自都能寻得些安慰和满足……女人全都擅长这一套。

这个季节的无花果不错，照我妻子的说法，消化不良者、食欲不振者、高血脂患者、高血压患者、冠心病患者、动脉硬化患者、癌症患者、便秘者皆适合食用。我对老张说："来，搞一个先垫垫。"他顺从地拿起一个。

为打破沉默，吃着无花果我也提到了从前的一些老同事，比如我们系里那个爱摄影爱文学的政委，一个姓郝的亲切的河南人，他援藏一年后回来，反应一下慢了一拍。有一次郝政委来我们宿舍串门，闲聊中老张提到他在老家的哥如何如何时，郝政委突然插嘴问道："你哥比你大还是比你小？"提起这事我和老张都笑了。郝政委是在学校退休的，老张表示前几年去长沙还见过他。

"没什么变化，简直跟在部队时一样年轻。"老张带着些不可思议而又艳羡的语气说。接下来他又提到另外几位同事，和我们一起住过单干楼，通信指挥系的小林，曾和老张一起没日没夜研究船载炮的，"博导好些年了！弟子遍布海陆空。现在还在发挥余热，退而不休，手里有项目，还带博士！"老张嘴里常提到的"长江"，全名叫李长江，他在副军级级别上退休。"这家伙搞得最好。"老张轻叩着沙发护手，说。李参加过对越自卫反击战。我们进校工作时他正在前线，记得有个周日我去办公室加班，准备新教员一堂课大比武，接到了他从前线打回来的电话。"周日加班备课，没去喝酒泡妞，不错！不错！有培养前途！！"他像个首长一样地夸奖我。后来我才知道他比我大不了几岁。在电话里他问到了每一位同事，包括像我这样刚参加工作，和他还未谋面的新同事，啰里啰唆的像个妈妈。最后他问我中午饭在哪吃的，吃的什么，我说我在食堂吃的，打了份红烧肉。他一下嚷起来："哎呀你们这些小王八蛋！老子啃压缩饼干你们倒吃上了红烧肉！！"最后他在电话里对我大喊："小子，新分来的女大学生，你们都不准动啊，都给老子留着！！"不过战争结束后他没回学校，而是直接调到总参工作去了。

那一年新分来女大学生只有一个，就是小王。

小王教政工，教政工的都是军职。小王上的是军校，一毕业就扛上了一杠两豆，黄灿灿，好看得很。

"你知道吗？"老张往厨房看了看，压低声音说道："我梦见过她一回，去年去永兴岛的船上，我打了个盹……"

话题又回到小王这。对此我有思想准备，老张提到李长江时，我就知道我们还得谈小王，不然扯这么久的李长江有什么意思？

我看着老张。

"她还是老样子，只是领口的丝巾是红色的，"老张摸了摸自己的脖子，说，"奇怪吧？她从不系红色的丝巾。"

"她跟你说什么没？"

"没，"老张指了指厨房，说："当时她就坐在我边上呢，你知道的……"他的声音愈加低了："一贯霸道！现在老了，更不讲理！能怎么着？当孩子养着呗。"说着他长叹了一口气:"唉,说来说去,都是我不好,对得起谁?"老张告诉我,起初没什么,后来小王受不了,想要个结果了,开始闹他。小王闹他闹得最厉害的时候,他受不了了,去广州找嫂子离婚来着。嫂子很平静,说,孩子在家,我们出去谈吧。这样他跟着她去了集训队的小靶场。

"你猜怎么着?"

我摇摇头。

"她拿出来一把手枪,抵在了自己的太阳穴上……"老张举起右手,做出一把手枪的手形。"我还能说什么呢?"老张把手缓缓放下:"我只好说,别闹了,回家、回家吧。"这实在恐怖,我不知道该说什么好。先前也听说过老张离不掉是因为嫂子不肯离,"要死要活的",可谁能想到是这样? 想想吧,一把手枪! 谁能眼睁睁看着自己孩子的妈脑袋开花? 他妥协了,这是可以理解的,想到小王,内心可能又备受折磨。多么不容易的一生! 我记得我把李长江要我们把女大学生给他留着的话,当一个玩笑跟老张说起来过。老张很生气,骂李长江是军阀,说等他回来要整整他的作风。我很惊讶,李长江不过是一句玩笑话,而且,当时李长江在前线表现非常好,人未回,名已振,大会小会领导都在表扬他。

而我们是谁呢？不过是刚入职的老百姓，连新兵蛋子都不是呢，怎么整他的作风？不过，那时老张和小王之间，啥情况也还没有。他们产生感情，是后来的事。小王在大学时就谈了个男朋友，男朋友毕业后被分到沈阳军区，由于迟迟不能调到一块，后来小王的男友提出分手。那阵子小王非常痛苦，我们这些住在单身干部宿舍楼的人都陪她喝过酒发过疯。当然，只有老张是认真喝酒认真发疯。

晚饭果然比平常晚，菜却比我先前和妻子商量好的少了两道。我妻子解释说，烤青口，还有蒸蟹子，嫂子不让做了。

"你们搞得太多了，吃不完要浪费的。"嫂子说。

老张不高兴了，他摇摇头，指着嫂子："不诚实，你就是不想让我吃好吃的东西罢了！"

"说对了！"嫂子大笑，她站起来盛了一碗笔管鱼炖豆腐给老张，说："螃蟹，前两天你在家吃得还少吗？"她笑着看着我和我妻子，手却指点着老张："哎呀你们是不知道，前不久有个学生给他送了一筐大闸蟹，可是管不住他了，连着几天顿顿大闸蟹顿顿黄酒，再不来你们这，他就要把老命丧了！"这话有些夸张了。我和我妻子

神枪手　|　二二七

都笑了。

"不过今晚,你们只管喝!"嫂子挥了挥手,道,"还能见着几回呢!"这话令人伤感了。

我准备了一箱青岛啤酒,二厂的,地道的青岛啤酒。我和我妻子将酒抬到桌边,我开了三瓶给老张,也开了三瓶给我自己。"今晚不醉不休。"我说。"今晚我不管他,喝好。"嫂子说。她和我妻子也一人开了一瓶。喝着酒我们聊到从前那些开心的事,还有孩子。孩子们都还好。为了孩子我们又多干了几杯。

我很快发现,时隔多年,我们都已成为不胜酒力之人,尤其是老张,三瓶啤酒下去后,他整颗头都红了起来。他吃了太多的笔管鱼,开始打嗝。我看着坐在我们对面的老张夫妻俩,同样肉感的脖子,宽阔松弛的脸,眉毛的后部都变得异常稀疏,连露在头发外的耳垂,此刻都一样厚,一样红。我不由笑了。

我们喝得正高兴时,有一对冒失的情侣推开门闯了进来,看出情形不对,他们收住脚,站在吧台那的灯光下看着我们,样子有些发愣。

"出去、出去!"老张挥着手嘟囔。

我和我妻子有些不知所措,我们在老张夫妻俩抵达前就挂出了"今日休息"的牌子,现在天已黑了,也许他们没有看到。附近那所大学刚搬来没几年，这小镇还没有做好为一所大学作出改变的准备，到了夜晚，镇上并没有太多可以稍稍一坐的去处。我和我妻子有些犹豫要不要请他们进来，给他们做杯咖啡，或是倒杯果汁什么的。我们迟疑间，嫂子起身朝他们走了过去，她对他们说了句什么后，两个年轻人哈哈大笑起来，说："那我们就不打扰了！祝你们成功！"然后快乐地出门去了。

等她回到座位上后，我妻子好奇地问："你跟他们说什么了？"

"没说什么，"嫂子坐下来喝了一大口啤酒，"我就说，我们几个老家伙快三十年没见了，现在凑在一起密谋抢银行，搞点钱好养老，今日暂不营业。"

我们都笑起来。只有老张，打着嗝，样子有些不耐烦。

"胡闹！"老张的语气听上去像在责备孩子。

嫂子笑笑，冲老张做了个瞄准的手势，"总是这一套！"老张摇摇头，说。我又开了两瓶酒，把我和老张的杯子都满上。

"美帝炸我们使馆那年，他还没转业，"嫂子指点着老张，说，"哎呀，你们是不知道，他那个闹腾！你们系的郝政委,还记得吗?"嫂子问我。

我点点头。

"我在韶关集训呢,郝政委给我打电话,说他多次在酒后煽动年轻教员和学生,要组织什么敢死队去找美帝复仇,让我说说他。我就请假过去了,当天我把他拎到你们学校的靶场,你猜怎么着?"嫂子笑起来:"十发子弹,一发没上靶!还复仇呢!"

"胡扯!"老张涨红了脸,嘟囔道。他跟我碰了碰杯,说:"喝酒喝酒!"

我端起酒杯喝了一大口。那一年,电视里学生在街上游行呐喊,我所在的那家企业要减员分流,我又一次面临了重新就业的压力。我不记得那是哪一年了,但那种坐在电视机前看着那些热腾腾的场面,自己内心一片寂寥、茫然无措的感觉犹在。转业后我和我妻子度过了一段甜蜜时光,这是不可否认的。可是在一起生活了将近十来年后,我们变得跟任何一对平常的夫妻没有什么区别了。生活耗尽了我们。当我的事业陷入困境时,我内心里有过一种否定自己过去的情绪。"我怎么把自己过成了这样?"夜深人静辗转反侧时我问自己,对自己年轻时的不顾一切心生怀疑。当然,我妻子对这些一无所知。我不知道她有没有同样的内心经历,在某些艰难的时刻,对过去感到懊悔？要知道，如果不是我，她的生活可能会顺遂许多……没错，某种程度上，是我使她的生活变艰难了！这样的想法常常让我在深夜里把她搂得更紧。我看了看我妻子，在知道老张两口子要来的消息后，她去理发店把鬓角的白发染黑了，此刻她和嫂子在交流一些养生的知识。"海参我们也吃的……"在嫂子说"海参是个好东西"后，我妻子轻声应道。她没有看我，她把茶杯捧到手里继续说道："不过现在多是养殖的，明天我们去海边走走就知道了，养殖的，也不敢吃多了。"——我妻子这话听上去像在解释我们为什么没有给客人吃海参。海参一直都不便宜，我们准备在明天早餐时招待客人吃海参，小米海参粥。两个女人没在海参上停留太久，嫂子说她现在在老年大学学油画，儿子虽然结了婚，可迟迟不要孩子，没孙子可带。"太闲了。"嫂子说。我妻子含笑听着，"咖啡馆也闲，不过忙起来也有忙不过来的时候。"我妻子说。——她们委实没有什么太多可以说的了。

有两碟小菜凉了，我起身端到厨房去热了热。夜深了，窗外漆黑一片，雨后的大海格外平静，貌似睡着了，涛声亦不可闻。如果老张夫妻俩没来，这个点我和我妻子早已经睡下了。

神枪手 | 二三一

我热好菜回到桌边时,两个女人的话题已转移到时下的风气上,各类关于老头子们晚节不保的丑闻。这让我和老张都有些尴尬。

"胡扯!"几杯过后老张嘟囔着站起来,往洗手间走去。我看他步履不稳,就起身跟了过去。进了洗手间后,老张把前额抵在小便池后的墙壁上,费力地忙活了半天。

"操!啥都不好用了!"老张把自己规整好后,说。

一到岁数,谁不是这样呢?我笑着拍了拍老张的后背,搀着他出了卫生间。嫂子在门口等着。她把老张从我手里接了过去。老张不耐烦地冲她嚷:"我可没醉!"

"对,你没醉,你还可以喝一打!"嫂子说。她给我递了个眼色,意思是不能让他再喝了,于是我和嫂子一起将老张架进了位于后院的客房里。

老张夫妻俩在我们这只做短暂的停留,第二天下午他们就要赶去机场,飞去北京看望一位老战友。

"校医院的何院长,你有印象没有?退休后他回了北京。"道别时老张问我。我没一点印象。在军校时我和护士打交道比较多,感冒发烧什么的,就去找她们要点免费药。印象中老张也是如此,他和何院长是什么时候熟悉起来的?

"他刚做了心脏搭桥手术,在301医院。"老张看着我,说:"那年我儿子进157医院,他可是帮了大忙的。"最后老张把一个叫"忆往昔峥嵘岁月稠"的微信群号留给我,他用力拍了拍我的臂膀,叮嘱我一定要注册个微信号,一定要"多跟大家联系!"嫂子也拍了拍我的臂膀,说:"多联系!"我说好的,好的。我来青岛这些年,环境的改变使我跟以前的同事差不多断了联系。最初的几年,他们聚会时会打个电话给我,问我过得怎么样,在干什么营生,有没有发财。我总是就那样,没什么正经营生,也没有发财,这样的电话后来渐渐就没有了。

老张夫妻俩走后,我和我妻子的生活又回到往常。没有喝完的红茶,我妻子细心扎好放到了柜子里。

"如果有客人想喝红茶,现在我们有了。"我妻子说。

日子一天天过去。我们又开始烘焙咖啡豆。新学期开始了,来咖啡馆的年轻人多了许多。小刘却一直没有露面,我妻子想从镇上招聘一个小媳妇来做清扫的工作。

"要不要先问问小刘?"有个晚上,烘焙咖啡豆时我跟我妻子商量道。

神枪手 | 二三三

"我已经联系过她了，"我妻子弯下腰，专注地听了会烘焙机里咖啡豆噼噼啪啪的声响后，说："我告诉她我们已请好了帮工，她可以专心写她的毕业论文了。"

"哦，这样啊。"我说。

我妻子用刚烘焙好的咖啡豆做了两杯咖啡，"反正不喝也睡不着。"我妻子笑着说。"哇！"她喝了一口咖啡后，脸上露出一股陶醉的表情，这让我想起了她年轻时的样子。"真香啊，快尝尝！"我妻子说。

我啜了一小口。刚出锅的豆子，还不是味道最好的时候。可是，非常香！

"国家级别的金牌六块，国际性的两块。"我妻子喝着咖啡，说。

"什么？"

"老张家的啊，我问过她了。"我妻子用小勺搅动着咖啡："到她转业时，立二等军功两次，三等军功她说都记不清多少次了。不一般人啊！"

神枪手嘛。我想。

"她一出生就是个近视眼，你知道吗？"

我有些吃惊，也不记得她戴过眼镜，而且，看上去她也不像是近视的样子。

"她说以前戴隐形眼镜，后来不比赛了，她就啥也不戴了。"我妻子喝了一口咖啡后,接着说:"她说,眼睛对一个枪手来说不是最重要的,靶子那么远,再好的视力也可能看不清。一个好枪手靠的是,感觉!"

"有道理。"我说。金庸笔下善使铁菱的柯镇恶不就是个瞎子嘛!

我妻子看着我,问:"你知道他们闹离婚那事吗?"我点了点头。

"她说她并没有要死要活的,倒是老张……"我妻子意味深长地看了我一眼,说,"她说她想知道他是不是真爱上那个女孩了,有个晚上,她把他拉到他们集训队的室外靶场,她偷偷揣了一把手枪,射击队刚配发的瑞士产莫里尼运动手枪。她拿出枪来后,对老张说,夫妻一场,你先跑两百米吧……"

我看着我妻子,有些不敢相信是这样。"然后呢?"我问。

"然后老张就说,别闹,别闹了,回家吧。"我妻子喝完咖啡,把杯子放到水池里冲洗。我妻子说:"她说她早就知道那件事了,一个妻子,总有办法知道那些事。"

我看着我妻子,有些发蒙。我问:"哪些事?"

"那些事。"我妻子拿起毛巾擦杯子:"她说那阵子,老张回家,只要一躺到她身边,她就剧烈咳嗽,怎么也止不住,他一离开,她的咳嗽就好了。这样几回后,"我妻子把擦干的杯子挂到杯架上:"她说她就明白,是老张出问题了,有人碰过她的老张了!"

我将咖啡一口喝完,把杯子拿到水龙头下冲洗。

"神枪手嘛!"我洗着杯子,说。

2016年11月6日于蓝山